ro
ro
ro

Rainer Moritz, 1958 in Heilbronn geboren, leitet das Literaturhaus Hamburg. In jungen Jahren amtierte er als Schiedsrichter auf schwäbischen Fußballplätzen. Er ist Mitglied des TSV 1860 München und Autor zahlreicher Bücher. Zuletzt erschienen die Romane «Madame Cottard und eine Ahnung von Liebe» (2009) und «Madame Cottard und die Furcht vor dem Glück» (2011) sowie die Neuausgabe von «Abseits. Das letzte Geheimnis des Fußballs» (2010).

RAINER MORITZ

DER GANZ GROSSE TRAUM

... ODER WIE DER LEHRER KONRAD KOCH DEN FUSSBALL NACH DEUTSCHLAND BRACHTE

Roman

Nach einem Drehbuch von
Philipp Roth und Johanna Stuttmann
und einer Idee von
Sebastian Grobler und Raoul Reinert

Rowohlt Taschenbuch Verlag

Originalausgabe
Veröffentlicht im Rowohlt Taschenbuch Verlag, Reinbek
bei Hamburg, März 2011

Umschlaggestaltung any.way, Cathrin Günther,
nach dem Filmmotiv von Panetta & Co. GmbH;
Fotografin Maria Krumwiede
Satz aus der Plantin PostScript, InDesign, bei
Pinkuin Satz und Datentechnik, Berlin
Druck und Bindung C. H. Beck, Nördlingen
Printed in Germany
ISBN 978 3 499 25692 9

VORWORT DES DFB

Liebe Leserinnen, liebe Leser,

Lesen, so heißt es im Volksmund, bildet. Für meine Person trifft dies in Bezug auf Konrad Koch allemal zu. Natürlich hatte ich diesen Namen schon früher des Öfteren gehört, allerdings nur dann, wenn es darum ging, wer Ende des 19. Jahrhunderts erstmals die Fußballregeln in deutscher Sprache niedergeschrieben hat. Das war für mich Konrad Koch. Dass er darüber hinaus jedoch so etwas wie der «Erfinder» des Fußballs in unserem Land gewesen ist, das wurde mir erst durch einen Zeitungsbericht zum Kinofilm «Der ganz große Traum» bewusst. Und einige Wochen später, als ich den Film dann im Kino sehen durfte, war mir klar, dass Konrad Koch mehr war als «nur» der Verfasser deutscher Fußballregeln. Konrad Koch war ein besonderer Mensch. Ein Mensch, ohne den die rasante Entwicklung des heutigen Volkssports Fußball in Deutschland möglicherweise erst viel später eingesetzt hätte.

Der Deutsche Fußball-Bund zählt derzeit rund 6,7 Millionen Mitglieder, über 40 Millionen Menschen in unserem Land interessieren sich direkt oder indirekt für das Spiel mit dem runden Ball, und das Halbfinalspiel unserer Nationalmannschaft gegen Spanien bei der WM in Südafrika verfolgten 31,1 Millionen Bundesbürger vor den Fernsehschirmen. Die zusätzlichen Millionen beim Public Viewing auf den Straßen unseres Landes gar nicht mit eingerechnet. Beeindruckende Zahlen, die belegen, dass Fußball in Deutschland mehr als nur ein Sport ist. Fußball ist ein starker Teil unserer Gesellschaft.

Und dies alles, Sie werden es auf den folgenden Seiten in spannender Art und Weise lesen, nahm 1874 seinen Anfang in Braunschweig. 26 Jahre bevor in Leipzig der Deutsche Fußball-Bund gegründet wurde. Es war ebenjener Konrad Koch, der seine Schüler am Braunschweiger Martino-Katharineum mit der bis dahin im deutschen Kaiserreich noch unbekannten Sportart Fußball erstmals in Berührung brachte.

Eher unwahrscheinlich, dass Koch, dessen Todestag sich 2011 zum 100. Male jährt, in diesem Moment auch nur ansatzweise geahnt hat, welche rasante Entwicklung der Fußball bis in die heutige Zeit nehmen würde. Unstrittig ist jedoch, dass der Lehrer ein Vordenker war, der schon früh erkannt hatte, wie wichtig leibliche Betätigung für die Entwicklung der Jugendlichen ist. Und vor allem auch, welch soziale Kraft im Sport und speziell im Fußball steckt. Gerade deshalb setzte er sich gemeinsam mit seinen Mitstreitern gegen viele Widerstände durch, um den Fußball an «seiner» Schule zu etablieren.

Die soziale Kraft hat der Fußball bis heute nicht verloren. Und sie ist dieser Tage mindestens genauso wichtig wie damals, ausgangs des 19. Jahrhunderts.

In Zeiten, in denen viel über Integrationsprobleme und soziale Ungerechtigkeiten in der Gesellschaft diskutiert wird, zeigt der Deutschen liebster Sport ebendiese Kraft und sorgt für ein Stück Gemeinschaft und Zusammenhalt. Dem Ball ist es nun mal egal, wer ihn tritt. Es interessiert ihn nicht, ob jemand arm oder reich, schwarz oder weiß, Christ oder Moslem ist. Deshalb spielen in Deutschland Woche für Woche Millionen von Menschen unterschiedlichster Hautfarben, Religionen und sozialer Schichten gemeinsam in einem Team, suchen gemeinsam den Erfolg, lernen aber auch mit Rückschlägen, Niederlagen und Enttäuschungen umzugehen. Der Fußball in Deutschland kann und muss gesellschaftliche Orientierung geben. Diese soziale und integrative Kraft des Fußballs fördert und vermittelt der Deutsche Fußball-Bund vielfältig und intensiv. Und dass wir dies in der heutigen Zeit können, ist auch ein Verdienst von Konrad Koch.

Viel Spaß bei der Lektüre dieses Buches über einen außergewöhnlichen Mann mit einem «ganz großen Traum».

Ihr

Dr. Theo Zwanziger
Präsident des Deutschen Fußball-Bundes

«Die Frage, ob Fußball in Deutschland eingeführt werden soll oder nicht, bedarf keiner Erörterung mehr, sie ist durch die Macht der Tatsachen entschieden.»

Konrad Koch, 1894

1

Schwächlinge! Schwächlinge und Memmen, wohin das Auge blickt!

Missmutig musterte Turnlehrer Jessen seine Zöglinge, die vergeblich versuchten, seinen Anforderungen gerecht zu werden. Große Erwartungen hegte er ohnehin nicht. Wenn er an frühere Schülergenerationen dachte, schien alles auf einen Niedergang zuzusteuern. Seit über zwanzig Jahren lehrte er bereits am Martino-Katharineum in Braunschweig, und von Jahrgang zu Jahrgang mehrte sich die Zahl der verweichlichten Schüler, die von modernem, undeutschem Gedankengut infiziert waren.

«Bornstedt, bewegen Sie sich», bellte Jessen. «Es wird Ihnen hoffentlich noch vor Sonnenuntergang gelingen, den Medizinball in die Höhe zu stemmen!»

Mit Abscheu beobachtete er den schwächlichen Jungen, der es nie zu einem herausragenden Turner bringen würde. Dagegen sprach schon seine dürftige Konstitution, was vermutlich an seinem Elternhaus lag. Warum nur hatte sich der Direktor unbedingt neuem Gedankengut gegenüber aufgeschlossen zeigen müssen? Wieso hatte er es für richtig gehalten, das Katharineum für untere Schichten zu öffnen? Für einen wie Bornstedt, der keinen Vater mehr hatte und dessen Mutter in der Fabrik arbeitete und der vermutlich deshalb so schwach auf den Knochen war. Aber Jessen vermied es, sich auf derartige Diskussionen einzulassen. Als Turnlehrer stand ihm das nicht zu, obwohl er insgeheim davon überzeugt war, dass das Vaterland ihm weit mehr verdankte als den verweichlichten Deutschlehrern, bei denen die Schüler höchstens «Die Wacht am Rhein» auswendig lernten. GutsMuths und dem seligen Jahn, was verdankte die Nation nicht diesen Vorreitern! Jessen sah sich in dieser Tradition und fand es deshalb umso beschämender, wenn manch einer sich kaum noch an diese stolze Geschichte erinnerte.

«Und eins und zwei und drei und vier, die Rolle, zwei und drei und vier ... Nur weiter so.»

Je intensiver er die Jungen dazu anhielt, nach den Medizinbällen nun lange Eisenstangen hoch über ihre Köpfe zu hieven, desto schneller trennte sich die Spreu vom Weizen. Viel Staat war mit dieser Klasse nicht zu machen. Der ungelenke Schricker, der kleingewachsene Bornstedt, der sich in den hinteren Reihen zu verstecken pflegte. Wie, dachte Jessen kopfschüttelnd, sollte man mit diesen Schwächlingen eine schlagkräftige Turnerriege auf die Beine stellen?

Wohlgefällig beobachtete er den hochaufgeschossenen Felix Hartung, der gut zwanzig Zentimeter größer als seine Mitschüler war und trotz seiner vierzehn Jahre fast schon erwachsen wirkte. Seine Oberarmmuskeln traten hervor, und es schien ihm nichts auszumachen, eine Turnübung nach der anderen zu absolvieren. Ein Knabe aus gutem, vermögendem Haus, dachte Jessen, und dazu noch einer, der den anderen ein körperliches Vorbild war. Wenngleich er sich nicht größter Beliebtheit erfreute.

«Und jetzt wieder die Bälle!» Jessen reckte den Kopf in die Höhe, sein millimetergenau getrimmter Schnurrbart glänzte ein wenig, Schweißtröpfchen hatten sich unter der Nase gesammelt. Wie stolz er auf seine Barttracht war. Eine Viertelstunde mindestens verbrachte er bei der Morgentoilette damit, überstehende Barthaare sorgfältig zu stutzen und sich das Haar zu pomadisieren. Anschließend fletschte er die Zähne und grimassierte vor dem Spiegel, stets darauf bedacht, dass der Schnurrbart bei jeder erdenklichen Bewegung das Gesicht zierte.

Auch wenn er seine Gedanken schweifen ließ – ein erfahrener Pädagoge konnte sich das erlauben –, verlor er die schwitzende Schar nicht aus den Augen.

«Im Gleichschritt nach vorne», befehligte er, «die Bälle kreisen lassen, von einem zum anderen. Nicht aus dem Takt kommen, Schricker.» Was für einen jämmerlichen Anblick dieser fettleibige Kerl bot! Seine Pausbacken liefen schon nach wenigen Übungen rot an. Er sonderte Schweiß aus allen Poren ab und schien sich nach einem kräftigen Brot mit Braunschweiger Wurst zu sehnen, die sich auch Jessen des Öfteren schmecken ließ, obgleich nicht in den Mengen, die der übergewichtige Otto Schricker vertilgte. Dennoch verzichtete er darauf, den Jungen zu sehr an die Kandare zu nehmen. Ottos Vater zählte zu den wichtigen Unternehmern am Ort. Seine Turngerätefabrik belieferte auch das Katharineum, und immer wieder profitierte Jessen davon, wenn ihm der alte Schricker etwa eine Serie neuer Medizinbälle überließ, um deren Qualität zu prüfen. Mit seinem Sohn, dachte Jessen und schüttelte den Kopf, war dagegen nichts anzufangen, zumindest nicht im Turnsaal. Einfachste Rumpfbeugen misslangen dem Filius, und wenn er wie jetzt zwischen den Ringen taumelte, schämte Jessen sich für die gesamte deutsche Jugend.

Mit zitternden Armen versuchte sich Otto Schricker hochzuziehen, seine Augen flackerten. Er wusste, dass es ihm niemals gelingen würde, seinen Oberkörper über die wackelnden Ringe zu ziehen, und er wusste, dass ihn der Turnlehrer mit hämischer Miene beobachtete und sich nicht scheuen würde, ihn mit Hohn und Spott zu übergießen. Wie monoton und einfallslos dieser Unterricht war, dachte er. Als ginge es darum, schon in der Schule für die kommenden Schlachten mit den Engländern und Franzosen vorbereitet zu werden. Ein letztes Mal nahm er seine schwindenden Kräfte zusammen, ehe er wie ein Mehlsack auf den Turnhallenboden plumpste, sich das Knie anstieß und leise aufweinte.

Vorturner Felix Hartung widmete sich bereits einem anderen Gerät. Und auch die anderen Mitschüler nahmen kaum Notiz von Ottos Schwächeanfall, nur der schüchterne Bornstedt reichte Schricker eine Hand.

«Hast du dir wehgetan?»

Otto übersah die Hand und schwieg. Seinem Vater durfte er von dieser Blamage nichts erzählen. Der tapsige Sohn eines Turngeräteherstellers – das gab kein gutes Bild ab, obwohl auch Ottos Vater zugelegt hatte. Kein Wunder bei den zahlreichen Schoppen, die er sich als erfolgreicher Unternehmer allabendlich gönnte.

Jessen sah auf die Wanduhr. Schrickers Missgeschick hatte er geflissentlich ignoriert, dieser Tölpel. Von Hartung abgesehen hatte sich keiner hervorgetan heute. Beim nächsten Mal würde er härtere Saiten aufziehen, der Verweichlichung musste vorgebeugt werden. Wenn der Direktor der Dekadenz Tür und Tor öffnen wollte, nun gut – er nicht!

Jessen griff sich unauffällig ans Gesäß. Gut, dass die Stunde gleich vorüber war. So wohl er sich in seinem blau-weiß gestreiften Trikot fühlte, so wenig ließ sich leugnen, dass sein Turnanzug heute zwickte und zwackte. Er versuchte, sich unauffällig zu recken und den Stoff am Gesäß zu straffen. Welch unangenehme Enge. Doch es galt, sein Ungemach vor den Schülern zu verbergen. Der dünne Stoff schnitt ihn in die Gesäßfalte, wie heftig er auch bemüht war, seine Körperhaltung zu verändern.

Schließlich führte Jessen die Pfeife zum Mund, blies kräftig hinein und entließ die Untertertia mit einem unwilligen Befehl. Er sehnte sich danach, sich endlich das Trikot vom Leibe zu reißen.

2

Mit verächtlichem Blick prüfte der Kutscher das Innere des Wagens. Das hätte er sich denken können. Er besah den Lederbezug der Sitzbänke und hoffte, dass sich sein Fahrgast wenigstens nicht erbrochen hatte. Der Mann schien zu schlafen. Zusammengekauert lag er quer über der hinteren Bank, und seine Arme umklammerten ein unförmiges Paket. Seinen Kopf zierte ein merkwürdiger, abgerundeter Hut, der jeden Augenblick zu Boden zu rutschen drohte.

Was für einen ungesunden Eindruck dieser Mann macht, dachte der Kutscher und versuchte, den Schläfer mit einem lautstarken «Hallo, wir sind angekommen!» hochzuschrecken.

«Die Fahrt ist zu Ende. Ich werde nicht dafür bezahlt, Ihren Schlaf zu bewachen!» Er ließ die Peitsche vor der Kutschentür schnalzen. Doch der seltsam gekleidete Fremde rührte sich nicht.

Erst der dritte Anlauf, als der Kutscher unwirsch begann, seinen Gast an der Schulter zu rütteln, zeitigte Erfolg. Begleitet von einem leichten Stöhnen, regten sich die Lebensgeister des müden Mannes, während der Kutscher einen schweren Koffer vom Kutschendach herunterhievte.

Konrad Koch richtete sich mühsam auf. Er schlug sich den Kopf am Kutschenhimmel, blinzelte und schien erst Gewissheit erlangen zu müssen, wohin ihn diese Fahrt geführt haben mochte. Langsam kehrten die Sicherheiten zurück. Er beugte seinen Kopf aus dem Kutschenfond und sah sich um, ohne den vor sich hin schimpfenden Kutscher zu beachten. Der Himmel zeigte sich von einer freundlichen Seite, sodass die prachtvolle Fassade der Schulanlage, vor der sie gehalten hatten, in Sonnenlicht getaucht war.

Er war wieder zu Hause, keine Frage. Er, Konrad Koch, Sohn des in Braunschweig hochgeachteten Professors Koch. In dessen Fußstapfen sollte er nun treten, an demselben Gymnasium. Seit gut fünf Jahren befand sich das Martino-Katharineum in diesem imposanten Neubau zwischen der Breiten Straße und der Scharnstraße. Man hatte sich nicht lumpen lassen und nach Plänen des Baurats Krähe einen Gebäudekomplex im neoromanischen Stil errichtet, der sowohl dem Katharineum als auch dem Realgymnasium ausreichend Platz bot. Der alte Bau am Ziegenmarkt war aus allen Nähten geplatzt. Braunschweig gedieh im jungen Kaiserreich; die Schülerzahlen stiegen, und Schulleitung und Förderverein setzten alles daran, den guten Ruf des Katharineums zu erhalten.

Hier würde er also künftig versuchen, seine Erfahrungen umzusetzen, und unterrichten. Konrad

Koch wusste, dass man ihm einerseits Wohlwollen entgegenbrachte, denn schließlich zählten die Eltern zu den alteingesessenen Braunschweiger Familien, und der Name seines Vaters war an der Schule nicht vergessen. Andererseits stand zu befürchten, dass man ihm auch mit Skepsis begegnen würde. In dem freundlichen Schreiben, das ihm Direktor von Merfeld übermittelt hatte, war von einem «Experiment» die Rede gewesen. Von einer pädagogischen Maßnahme, die nicht überall im Kollegium und bei den Honoratioren der Stadt auf Zustimmung stieß.

Konrad Koch unterbrach seine Überlegungen und kletterte umständlich aus dem Gefährt.

«Good morning, äh … Entschuldigen Sie», sagte er und mühte sich, den misstrauischen Kutscher zu beruhigen. «Einige Strapazen liegen hinter mir. Die letzte Nacht habe ich über der Reling verbracht, Sie verstehen …»

Er fühlte sich zerschlagen, die umständliche Reise mit Fähre, Zug und Kutsche hatte sich als äußerst beschwerlich erwiesen, und er hoffte, dass seine Unterkunft ihm die Möglichkeit bot, sich die Müdigkeit alsbald aus den Knochen zu schlafen.

Die Schulanlage war so konzipiert, dass sie Lehrer- und Hausmeisterwohnungen integrierte. Er würde, freute sich Konrad Koch, seinen Schülern nahe sein, ihnen gleichzeitig keine Gelegenheit geben, seinen neuen Ideen zu entkommen. Wie gern er die jungen Erwachsenen dafür begeisterte, obgleich er wusste, dass viele seiner älteren Kollegen wenig davon hielten, sich neuartige Lehrmethoden anzueignen.

Konrad Koch entlohnte den ungeduldigen Kutscher und richtete mit einer Hand seinen Koffer auf, der unsanft auf dem staubigen Schulhof gelandet war. Mit der anderen hielt er noch immer das rundliche Paket. Bei dem Versuch, den Griff seines zentnerschweren Gepäcks zu fassen, geriet Koch aus dem Tritt. Er strauchelte, wäre um ein Haar gestolpert. In letzter Sekunde gelang es ihm, einen Sturz zu vermeiden, doch der Verlust seines Gleichgewichts brachte es mit sich, dass ihm das bis dahin fest umklammerte Paket aus den Händen glitt und sich selbständig machte.

Gebannt beobachteten Konrad Koch und der Kutscher, wie das in braunes Packpapier geschlagene Objekt auf den Boden fiel, aufsprang und nach mehreren ungleichmäßigen Hüpfern auf drei Arbeiter zurollte, die gerade im Begriff waren, ein Erdloch auszuheben. Entgeistert ließ Koch den Koffer los und sprang dem kürbisförmigen Paket hinterher.

Was wäre das, dachte er, für ein böses Omen, wenn dieses wertvolle Geschenk gleich bei seiner Ankunft verloren ginge!

Nach wenigen Sätzen hatte er die Baugrube erreicht und entriss den verdutzten Arbeitern das Päckchen, das zu ihrer Verwunderung in dem Loch gelandet war.

«Thank you!», rief er ihnen zu und umschloss es

liebevoll – nicht ohne zu merken, wie der Kutscher ihm fassungslos nachblickte. Offenbar war der Mann nun endgültig davon überzeugt, einen Geistesgestörten befördert zu haben. Eilig sprang er auf den Kutschbock des gelben Wagens und rief seinem Fahrgast einen kaum verständlichen Abschiedsgruß zu. Mit einem Peitschenhieb trieb er die Pferde an und verschwand in einer Staubwolke.

Konrad Koch ließ sich davon nicht beeindrucken, staubte mit der freien Hand sein auffällig kariertes Tweed-Jackett ab und strebte schließlich mit Koffer und Paket dem Hauptportal der Schule zu. Seine festen, knöchelhohen Lederschuhe gaben guten Halt. Mit diesen, dachte Koch, ließ sich so manches Abenteuer bestehen und mancher Tritt verabreichen. Die Engländer verstanden das Schusterhandwerk, keine Frage.

Die Sorge um das Paket hatte ihn seine Erschöpfung für einen Moment vergessen lassen. Er blickte die dreistöckige Fassade des Martino-Katharineums hinauf, wo der Unterricht bereits in vollem Gange war. Aus einem der Fenster im Erdgeschoss hörte er die schneidende Stimme eines Kollegen, der darüber zu verzweifeln schien, dass seine vehement vorgetragenen Kommandos nicht im Geringsten zu richtigen Antworten seiner Zöglinge führten.

3

Die Geschichtslehrer, das duldete für Doktor Roman Bosch keinen Widerspruch, bilden das Fundament einer deutschen Lehranstalt. Männer wie er waren es, die den Sinn für die Tradition schärften und den von vielerlei Ablenkungen beeinträchtigten Schülern das Verständnis für die glanzvolle Vergangenheit des endlich vereinigten Landes beibrachten. Gerade jetzt nach den glanzvollen Ereignissen von 1870/71 hieß es, das Erreichte zu festigen und vor umstürzlerischen Umtrieben zu schützen. Selbst in Braunschweig, ja, selbst am ehrwürdigen Martino-Katharineum schlichen sich Nachlässigkeiten ein, ein Schlendrian, dem es mit aller Schärfe entgegenzutreten galt.

Zum Glück, frohlockte Bosch, als er den Blick über die Köpfe der Untertertia schweifen ließ und durchs Fenster eine grün angelaufene Kirchturmspitze ins Visier nahm, zum Glück umfasst der Lehrkörper am Katharineum eine Vielzahl von Kollegen, denen nationales Denken selbstverständlich war. Jessen zum Beispiel, mit dem sich am Biertisch trefflich die politische Weltlage erörtern ließ und der sich begeistert zeigte, wenn Bosch die Zusammenhänge zurückverfolgte und die ruhmreiche deutsche Geschichte heraufbeschwor, die mindestens bis zu Karl dem Großen reichte. Dass ein gesunder Geist und ein gesunder Körper eine untrennbare Einheit bildeten, zählte für die Doctores Bosch und Jessen zu den unumstößlichen Erkenntnisgewissheiten. Sie beide – darin bestärkten sie sich jedes Mal, wenn sie die Bierkrüge aneinanderstießen – würden niemals Wasser auf die Mühlen der Sozialdemokratie gießen!

Unwillig riss sich Bosch aus seinen patriotischen Gedanken und fuhr sich mit seinem Sacktuch über den Nacken, der einem Stier zur Ehre gereicht hätte. Viel zu warm war es für die Jahreszeit. Sein Hemdkragen war durchgeschwitzt, und die einfältige Schülerschar trug nicht dazu bei, seine Transpiration zu mindern. Wie sollte das gelingen, wenn ihn die dummen Antworten zur Weißglut trieben und er zu Züchtigungsmaßnahmen gezwungen war!

Seit Monaten verwendete Doktor Bosch alle Kraft darauf, seinen Schülern das Grundgerüst historischer Daten einzubläuen. Daten und Namen – das zählte in der weltgeschichtlichen Betrachtung. Sich an den Herrscherpersönlichkeiten, an den Feldherrn, kurzum, an den herausragenden Männern der Geschichte zu orientieren, darauf kam es an. Und wer als Schüler kein Gespür für die großen historischen Stunden, für die entscheidenden Schlachten besaß, hatte am Martino-Katharineum nichts verloren!

Bosch schlug mit dem Stock aufs Katheder. «Weiter geht es, keine Müdigkeit vorschützen, alle zusammen», brüllte er in den Klassenraum.

Merkverse, so seine Überzeugung, eignen sich bestens als Eselsbrücken, mit denen sich selbst in den Köpfen der dämlichsten Schüler geschichtliche Daten verankern ließen. Nicht ohne Stolz legte er sich gehörig ins Zeug, um nach dem Muster «Drei, drei, drei – bei Issus große Keilerei» zeitgemäße Beispiele zu bilden, die den Ereignissen der letzten Jahrzehnte die gebührende Anerkennung verschafften. Allabendlich sinnierte er im Ohrensessel über neue Zahlenreime und erprobte sie an seiner geduldigen, aus dem Alten Land stammenden Ehefrau, die es gewohnt war, abgefragt zu werden, während sie sich über das Nähzeug beugte. Dass sich Bosch gegenüber seiner Gemahlin nachsichtiger als gegenüber den Schülern zeigte, wenn sie Feldherrn und Herrscherdynastien durcheinanderbrachte, verstand sich für ihn von selbst. Die Gehirne von Frauen, so führte er auch gern im Kollegenkreis aus, seien nicht für komplexe politische und historische Zusammenhänge geschaffen, weshalb man ihnen auf diesem Gebiet Fehler nachsehen müsse. Der deutschen Hausfrau und Mutter seien von der Natur andere Domänen zugewiesen, wo sie – Roman Bosch liebte es, die Klassiker zu zitieren – züchtig zu walten habe.

«Achtzehn, sieben, eins – Frankreich ist dem Kaiser seins!» Wie aus der Pistole geschossen, donnerte der Schülerchor gleichzeitig aus allen hochgereckten Hälsen.

Befriedigt blickte Bosch in die Runde; sein grimmiger Gesichtsausdruck verflüchtigte sich.

«Na also», rief er der eingeschüchterten Untertertia zu. «Es scheint mir, als müssten Ihre bedauernswerten Eltern noch nicht alle Hoffnung fahrenlassen. In der nächsten Stunde werden wir das Zahlengerüst des Jahrhunderts, in dem zu leben wir das Glück haben, noch einmal durchgehen. Angefangen mit den Schlachten Napoleons bis hin zu den Heldentaten der Schlacht von Sedan, deren Truppenbewegungen wir heute noch einmal nachvollziehen wollen.»

Bosch ließ den Zeigestock über eine Landkarte neben der Tafel kreisen und machte sich weitschweifig daran, die Abläufe der Schlacht bis ins Kleinste zu veranschaulichen. Er neigte dazu, sich in die Gedanken der Soldaten einzufühlen, und spielte mit überschwappender Stimme nach, was die Generäle zu ihren Entscheidungen bewegt haben mochte. Ohne sich um die Reaktionen seiner Schüler zu kümmern, imitierte er das Für und Wider in den Schlachtbesprechungen und passte seine Stimme den jeweiligen Diskutanten an.

Die Schüler wussten, dass Bosch – derart in Fahrt gekommen – ihr Tun kaum noch wahrnahm, und so nutzten sie den Freiraum, um sich kleine Zettel mit wichtigen Botschaften zuzuspielen und Papierkügelchen durch den Raum zu schießen. Stets waren sie jedoch vorsichtig darauf bedacht, nicht jenen Moment zu verpassen, da Bosch jählings sein Rollenspiel unterbrechen und sie mit Fragen traktieren würde.

«Aufgemerkt, aufgemerkt!», rief Bosch und drehte sich zur Klasse um. «General Graf von Moltke, dieser große Mann … Was bewegte ihn in dieser entscheidenden Stunde? Das deutsche Heer war bestens aufgestellt, der richtige Moment gekommen – und dennoch hielt Graf von Moltke in seiner unermesslichen Weitsicht die Reitertruppen zurück. Warum tat er das? Warum tat er das?» Wie immer wiederholte Bosch die Fragen, die ihm besonders elementar erschienen, auf dass kein Schüler ihm mit der Ausflucht kommen konnte, die Frage nicht verstanden zu haben.

«Warum handelte General von Moltke so?»

Die Schülerköpfe duckten sich, furchtsam darum bemüht, nicht Boschs Aufmerksamkeit auf sich zu ziehen.

«Bornstedt, ja, Bornstedt – was hat er dazu zu sagen?»

Mit einem leichten Zittern erhob sich Joost Bornstedt und setzte zu einer Antwort an. Er formte die Lippen, doch er brach ab, ehe er ein Wort herausgebracht hatte. Nichts war zu hören.

«Bornstedt, ich muss mich wundern», stichelte Bosch, «nicht über Ihre verstockte Ahnungslosigkeit, sondern darüber, dass Sie keine Anstalten unternehmen, Ihrem ohnehin vermutlich nur kurzen Aufenthalt an dieser traditionsreichen Schule Berechtigung zu geben.» Boschs Gesicht lief rot an. Er liebte es, seine Unzufriedenheit mit dem fehlenden Lerneifer der Schüler an dem kleinen, verängstigten Bornstedt abzureagieren. Bei Hartung, dem Bankierssohn, wäre er behutsamer vorgegangen.

«Bornstedt – Sie wissen, welche Strafaufgabe ich Ihnen zuweisen werde? Ein Schüler, dem es offensichtlich gleichgültig ist, was unseren besten Generälen zu ihren klugen Strategien verhalf, hat es nicht verdient, das Martino-Katharineum zu besuchen, verstanden?»

Boschs Zeigestock trommelte auf die Landkarte, deren spröde Bespannung seiner Wut bald nicht mehr standhalten würde.

Genau dort, so hoffte Joost Bornstedt insgeheim, wo der Name Sedan prangte, würde sich dann die Spitze des Stocks hineinbohren. Genau dort!

4

Wellkamm … tu … se … Martino-Katharineum!»

Die Augen des Schuldirektors Gustav von Merfeld tasteten jedes der Wörter ab, die er gestern Abend in großen Buchstaben auf einen blütenweißen Zettel notiert hatte. Feierlich las er den Willkommensgruß ab und mühte sich erst gar nicht, seine Unkenntnis des Englischen zu kaschieren. Merfeld, der die sechzig gerade überschritten hatte, fühlte sich unwohl, da er es als erfahrener Schulleiter nicht gewohnt war, Situationen ausgesetzt zu sein, die ihn in einer gewissen Hilflosigkeit zeigten. Gleichzeitig jedoch empfand er Stolz darüber, den jungen Konrad Koch, dessen Vater sich immense Verdienste um das Gymnasium erworben hatte, an die Schule geholt zu haben. Er strich sich über seinen sorgsam gestutzten Kinnbart, überprüfte erneut den Sitz eines goldgefassten Monokels und breitete die Arme aus, um den neuen Kollegen herzlich zu empfangen.

«Seien Sie willkommen, lieber Koch! Hatten Sie eine angenehme Reise?»

«Das würde der Wahrheit nicht in Gänze entsprechen», erwiderte Koch, der sich sofort auf den angebotenen Stuhl fallen ließ. «Die Nordsee hat sich ein wenig stürmisch, ja, recht rau gezeigt. Wirklich bekommen ist mir das nicht, wenn Sie verstehen, Herr Direktor. Ich hatte auf der Überfahrt mit Unpässlichkeiten zurechtzukommen.»

Konrad Koch seufzte, und seine Magenwände zogen sich allein bei der Erinnerung an die schrecklichen Stunden auf Deck zusammen, ohne dass sich von Merfeld dadurch in seiner Begeisterung hätte beeinträchtigen lassen.

«Wenn ich Sie, lieber Koch, so vor mir sehe, meine ich den frischen Wind zu riechen, den Sie von der Insel mitbringen. Wir setzen auf Sie und Ihren Tatendrang, obwohl Sie nicht denken müssen, das deutsche Kaiserreich und insbesondere Ihre Heimatstadt Braunschweig hätten sich im Dämmerschlaf befunden, während Sie in Oxford und Cambridge Ihre Studien betrieben. Sehen Sie nur hinaus.»

Direktor von Merfeld verließ seinen Schreibtisch, hinter dem ein pompöses Bildnis Kaiser Wilhelms hing, und gab Koch zu verstehen, dass er sich erheben solle. Unter dem gestrengen Blick des Monarchen traten beide Männer an das zum Hof liegende Fenster.

«Die drei Arbeiter dort, Koch – was glauben Sie, welcher bedeutenden Aufgabe diese gerade nachgehen?»

Konrad Koch erkannte die Männer wieder, die

sein rundliches Paket aufgefangen hatten, und schüttelte den Kopf.

«Ein Loch. Ich vermute, Herr Direktor, sie graben ein Loch ...»

Von Merfeld lachte auf. «Natürlich ein Loch, aber doch nicht irgendein Loch. Das ist gewissermaßen ein bedeutsames Loch, das unsere Schule und die Stadt in die Zukunft führt. Diese Männer sind dabei, das Ihnen, Koch, so unscheinbar anmutende Loch zu füllen, mit einem riesigen Holzmast, den das Pferdefuhrwerk dort hinten bringt.» Er deutete auf eine der Auffahrten zum Schulgelände und war kurz davor, dem verdutzten Koch vor Begeisterung auf die Schulter zu schlagen.

«Ein Telegraphenmast ist das!», rief von Merfeld euphorisch. «Überlegen Sie nur, ein Telegraphenmast! Demnächst werde ich meiner verdienten Sekretärin Frau von Salchow einen Brief diktieren an das Kaiserliche Schulamt. Und dieses Schreiben wird sie nach Berlin *kabeln*, Sie verstehen? Und noch am selben Tag, jawohl, am selben Tag, werden wir die Antwort aus Berlin in Händen halten. Eine kolossale Entwicklung, finden Sie nicht auch, Koch?»

Den Direktor hielt es nicht mehr am Fenster. Er wandte sich einem Globus zu, den er in Bewegung setzte, bis die Weltkugel sich so schnell drehte, dass die Kontinente und Ozeane nicht mehr zu unterscheiden waren. Seine Hände folgten fahrig der kreisenden Bewegung, und von Merfeld setzte an, von den sich beschleunigenden Zeitläufen zu dozieren und von nahenden Erfindungen, von denen man sich gegenwärtig noch kein Bild machen könne.

«Aber», so fuhr er fort, «was nützen uns alle Telegraphenmasten, wenn die Empfänger uns nicht verstehen, weil sie des Deutschen nicht mächtig sind? Nichts, lieber Koch, gar nichts. Denn wir sollten – und das sehe ich anders als einige Ihrer künftigen Kollegen – nicht davon ausgehen, dass sich der Amerikaner in Boston oder der Neger in Kamerun plötzlich des Deutschen bedienen werden, um mit uns zu verhandeln. Unsere Wirtschaft, die ja in den letzten Jahren bereits einen ungeheuren Aufschwung erlebte, wird sich noch rasanter entwickeln. Geradezu kolossal. Deshalb, Koch, das schrieb ich Ihnen ja bereits, wollen wir an unserem Gymnasium den nächsten Schritt tun und die Schüler an die englische Sprache heranführen. Und wer könnte das besser als Sie, der mehrere Jahre auf der Insel gelebt, die Sitten und Gebräuche studiert hat und das Englische meisterlich beherrscht!»

Konrad Koch senkte bescheiden den Kopf und wehrte vorsichtig mit den Händen ab, als der Direktor seine Begeisterung weiter anfeuerte und seinem Enthusiasmus freien Lauf ließ. Er sprach von einem Novum, und zwar nicht nur für Braunschweig, da sich wohl kaum eine andere Schule damit rühmen könne, einen veritablen Englischlehrer vorzuweisen.

«Die Nachwelt wird uns als Pioniere feiern, Koch, als Pioniere!»

Koch fühlte sich immer unwohler, ohne entscheiden zu können, ob dieser Zustand den gerade überstandenen Qualen der Nordseeüberquerung oder den übertriebenen Lobreden des Direktors zuzuschreiben war. Als er ansetzen wollte, von Merfelds Hymnen ein wenig einzuschränken, unterbrach ihn dieser mit der Verkündung, dass der Worte genug gewechselt seien und man Taten folgen lassen wolle.

«Frau von Salchow wird Sie in Ihre Klasse führen, und Sie können sofort damit beginnen, die sicher neugierige Untertertia auf die kommenden Aufgaben als Kaufleute vorzubereiten, denen es schon bald eine Selbstverständlichkeit sein wird, mit Handelspartnern in Manchester und Liverpool in deren Muttersprache zu verhandeln, zum Wohle aller!»

Mit einer Handbewegung komplimentierte von Merfeld seinen Neuzugang ins Vorzimmer. Auch wollte er von Kochs leise vorgetragener Bemerkung, dass er erst für den morgigen Tag mit dem Beginn des Unterrichts gerechnet habe, nichts wissen.

«Warum morgen, Koch? Papperlapapp, die Zukunft duldet keinen Aufschub. Wir wollen den anderen Nationen immer einen Schritt voraus sein, nicht wahr? Außerdem …» Er griff in seine Westentasche. «Streng genommen hat Ihr Unterricht bereits seit siebeneinhalb Minuten begonnen!»

Von Merfeld hielt Koch triumphierend seine Taschenuhr entgegen und musterte sein Gegenüber eindringlich.

«Ich hoffe doch», fügte er noch hinzu, «Ihr Aufenthalt jenseits des Kanals hat nicht dazu geführt, dass Sie deutsche Tugenden wie Pünktlichkeit und Disziplin vergessen haben. Enttäuschen Sie mich nicht. Die Welt schaut auf uns, wenn Sie diese Übertreibung erlauben.»

Der Direktor hob die Hand zu einem dezenten Abschiedsgruß, und der eingeschüchterte Neuankömmling machte sich, eskortiert von der Sekretärin, auf den Weg zu seiner Untertertia.

Die Schulflure blitzten vor Sauberkeit, und obwohl das Sonnenlicht durch die Fenster fiel, zeigte sich auf den Scheiben kein einziger Schmutzstreifen. Frau von Salchow, die mit verstohlenen Seitenblicken Kochs eigenwillige Oberbekleidung musterte, ging schnellen Schrittes voran.

Als sie das Klassenzimmer erreicht hatten, holte Konrad Koch tief Luft und drückte die Türklinke energisch hinunter. «Let's start!»

5

Gu-ten-Mor-gen!» Alle Schüler sprangen, kaum dass ihr neuer Lehrer das Klassenzimmer betreten hatte, mit einem Ruck auf und sahen dem Neuen mit einer Mischung aus Erwartung und Furchtsamkeit entgegen. Englisch sollten sie lernen, eine fremde, lebende Sprache, und dafür sei eigens ein Lehrer an die Schule geholt worden, der sein Wissen nicht nur aus Wörterbüchern und Grammatiken beziehe, sondern mit Menschen gesprochen habe, drüben auf der Insel, wo die Menschen nichts außer dem Englischen beherrschten.

«Good morning, gentlemen. Sit down, please.» Koch schaute hoffnungsvoll auf die Bankreihen, doch als er sah, dass seine Aufforderung ohne jede Reaktion blieb, schlug seine Stimmung in Ratlosigkeit um. Er verzichtete darauf, seinen Satz zu wiederholen, sondern deutete mit einer Geste an, was er erwartete.

Koch betrat das Podest, ohne einen Blick von den ihn ebenso beharrlich musternden Schülern zu lassen. Aus den hinteren Reihen meinte er ein Raunen zu hören, als er seine Melone und sein Jackett ablegte, unter dem sich eine nicht minder auffällig gemusterte Weste verbarg. Er sah an sich herab und verstand mit einem Mal, wie sein tadellos britisches Erscheinungsbild auf eine Braunschweiger Klasse wirken mochte.

«Lächelt der etwa?» Ungläubig wandte sich Emanuel Witthuhn seinem Sitznachbarn Otto Schricker zu, der sich bis dahin vor allem darüber geärgert hatte, eines seiner Pausenbrote zu Hause vergessen zu haben.

«Ein fröhlicher Lehrer, spinnst du?», flüsterte er hinter vorgehaltener Hand zurück. «Das muss 'ne Kriegsverletzung sein.»

Während sich Emanuel und Otto über den Gesichtsausdruck ihres Lehrers Gedanken machten, raffte sich dieser auf und versuchte, seine Müdigkeit zu verbergen. Was machte es für einen Eindruck, wenn in der allerersten Stunde keinerlei Tatkraft von ihm ausging! So leicht gab er nicht auf.

«My – name – is – Konrad Koch – and – I – am – your – English – teacher.»

Obwohl er sich bemüht hatte, den Satz in die Länge zu ziehen und jede Vokabel überdeutlich auszusprechen, schlug ihm Verständnislosigkeit entgegen. So, dachte Koch, müssen sich die Missionare fühlen, wenn sie mitten in Afrika erstmals auf trommelnde Eingeborene stoßen. Mit zwei schnellen Schritten stieg Koch vom Podest hinab und ging auf die erste Reihe zu.

«Das war Englisch, meine Herren. Hat jemand von Ihnen eine Idee, was das heißen könnte?»

Wieder erntete er nichts als hilfloses Schweigen, das den Unwillen verriet, sich plötzlich in einer Sprache verständigen zu müssen, die in Braunschweig gar nicht gesprochen wurde. Lediglich einer der Schüler – Hinrich Claasen, der es darauf abgesehen hatte, in jedem Fach zu glänzen – griff unter dem Tisch nach seinem Wörterbuch und suchte eifrig blätternd nach dem Buchstaben «T».

«Lehrer, Lehrer», zischte er seinen Klassenkameraden zu, «er ist unser neuer Lehrer.»

«Ach was», ließ sich Otto Schricker vernehmen, «darauf wäre ich nie gekommen. Ich hatte schon geglaubt, wir werden ab heute von einem neuen Klempner unterrichtet.»

Konrad Koch machte eine Kehrtwendung, um einen neuen Anlauf zum Gespräch zu nehmen. Zum Glück hatte er sich nie etwas vorgemacht, als ihm Direktor von Merfeld sein reizvolles Angebot unterbreitete. Er wusste, es würde ein zähes Unterfangen sein, gerade in diesen Zeiten das Englische in das deutsche Kaiserreich zu exportieren.

«Well, meine Herren, zäumen wir das Pferd von hinten auf», begann Koch. «Vielleicht betreiben wir zuerst ein wenig Landeskunde, und Sie berichten, was Sie bereits über England und seine Bewohner wissen. Vielleicht haben Sie durch meine Kollegen das eine oder andere darüber erfahren, oder Ihre Familien stehen vielleicht in Kontakt mit diesem hochinteressanten Land.»

Kaum war Koch an das Ende seiner Frage gekommen, schnellte ein Finger in die Höhe, und einer der Schüler – ein gutgekleideter Junge, der die anderen um Haupteslänge überragte – sprang auf. Koch stutzte, unsicher, ob er sich über die schnelle Wortmeldung freuen sollte.

«Please, Mister –»

«*Herr* Hartung, bitte. Ich bin der Riegenführer der Untertertia und kann zum Wesen des Engländers Folgendes aussagen: Die Engländer stammen von der primitiven keltischen Urbevölkerung und den eingewanderten Angelsachsen ab. Sie verhalten sich barbarisch und versuchen derzeit in imperialistischem Übermut, Weltmacht zu werden.»

Genauso zackig, wie er aufgesprungen war, nahm Felix Hartung wieder Platz und kostete jeden Moment der Wirkung aus, die sein Redebeitrag hinterlassen hatte.

Konrad Koch atmete durch, ehe er in betont höflichem Ton antwortete.

«Sehr interessant, Mister Hartung, wie Sie die englische Nation einschätzen. Ich bin mir nur unsicher … Was genau meinen Sie mit … barbarisch?»

Felix Hartung wusste, was er von seinen Mitschülern zu erwarten hatte, und schwieg. Denn zu Kochs Überraschung schnellten binnen weniger Sekunden mehrere Arme in die Höhe. Vier, fünf Knaben sprangen auf und ließen ein Feuerwerk von Beispielen folgen, die das Barbarentum des englischen Volkes belegen sollten. Ein Ort des Grauens sei dieses Land, wo man, wie Otto Schricker mit angewiderter Miene ausrief, rohes Fleisch esse und es mit grasgrüner Pfefferminzsoße begieße. Und, schallte es ergänzend aus der vorletzten Reihe, die Engländer seien so unverschämt, den anderen Völkern alle Neger wegzunehmen, was sie aber noch teuer zu stehen kommen werde. Ganz zu schweigen davon, dass in England, wie Hans Schwertfeger, ein pickeliger Vierzehnjähriger mit roten, in alle Himmelsrichtungen abstehenden Haaren, anmerkte, sehr viel Inzucht vorkomme. Bedingt durch die Insellage, wie ihm sein Vater erklärt habe.

Noch ehe sich weitere Stimmen melden konnten, gebot Konrad Koch der Meinungsäußerung mit einer Handbewegung Einhalt. Verständnislos blickte er in die erwartungsvollen Gesichter und überlegte, wie weit sein Widerspruch, gleich in der ersten Stunde, gehen durfte. Er räusperte sich kurz.

«Gentlemen, Sie sehen mich verblüfft. Wer – Verzeihung –, wer erzählt Ihnen solchen, wie soll ich sagen, solchen Unfug? Es ist nur allzu verständlich, dass Sie Berührungsängste verspüren, bei Ihrem ersten Kontakt mit einer lebendigen Fremdsprache. Das Englische verlangt eine gewisse, sagen wir, Lockerheit. Aber ich verspreche Ihnen, dass … Wenn man erst einmal seine germanische Grobschlächtigkeit abgelegt hat, kann man sehr viel Freude mit der englischen Sprache und Kultur erleben. Wir werden das in den kommenden …»

Das Ende von Kochs Satz war nicht mehr zu verstehen. Denn plötzlich flog die Tür auf, und Geschichtslehrer Bosch stürmte mit hochrotem Kopf in den Raum, ohne seinen neuen Kollegen eines Blickes zu würdigen. Den Guten-Morgen-Gruß der Schüler, die sogleich aufgesprungen waren, ignorierte er ebenso. Er baute sich vor der Klasse auf und plusterte seinen ohnehin massigen Körper auf.

«Der gute Morgen wird Ihnen schnell vergehen. Setzen Sie sich. Wir haben einen ungeheuerlichen Vorgang zu untersuchen.»

Kochs Versuch, ihn zu begrüßen, tat Doktor Bosch mit einer unwilligen Handbewegung ab.

«Tut mir leid, Herr Kollege», wiegelte er ab, «das duldet keinen Aufschub. Wir haben einen Täter zu ermitteln, der es nicht wert ist, an unserer Schule länger zu verweilen.»

Seinen Unterkiefer nach vorne schiebend, stampfte Doktor Bosch auf und zog die Hälfte eines offenbar zerbrochenen Stockes hinter seinem Rücken hervor.

«Das ist das *corpus delicti*, mein unentbehrlicher Stock, der, wie man sieht, völlig zu Recht immer wieder zu Ihrer Züchtigung herangezogen werden muss. Und nun hat einer von Ihnen die Dreistigkeit besessen, diesen Stock anzusägen. Ich will augenblicklich wissen, wer das war, augenblicklich!»

Jede zu Boden fallende Stecknadel wäre zu hören gewesen. Nicht das kleinste Geräusch durchbrach die eisige Atmosphäre.

Konrad Koch studierte die Gesichter der Schüler; auf einigen zeichnete sich klamme Furcht, auf anderen blankes Entsetzen ab. Wie soll in diesen Kindern Vertrauen entstehen, fragte er sich, wie soll es da gelingen, Freude am Unterricht zu wecken? Doch ehe er weiter darüber nachdenken konnte, meldete sich Felix Hartung zu Wort, der Boschs Auftritt mit einer erstaunlichen Gelassenheit verfolgt hatte.

Betont langsam sprechend, gab er an, am Morgen beobachtet zu haben, wie Joost Bornstedt eine Säge in seinen Tornister gesteckt habe. Ob das von Bedeutung sei, wisse er nicht, aber er, Felix Hartung, halte es für seine Pflicht, Herrn Doktor Bosch davon in Kenntnis zu setzen.

Joost Bornstedt schien zu schrumpfen, sein Kopf ragte kaum mehr über die Bank hinaus, als er zögernd aufstand und Doktor Bosch versicherte, keine Säge zu besitzen, ja, noch nie eine besessen zu haben.

«Das stimmt nicht, Herr Doktor Bosch! Wir haben es beide auch gesehen, das mit der Säge.» Wie abgesprochen, waren Hans Schwertfeger und Wilhelm Reuter aufgesprungen, um Felix Hartungs Aussage zu untermauern.

Geschichtslehrer Doktor Roman Bosch frohlockte innerlich, wenngleich er nach außen den Eindruck eines kurz vor dem Ausbruch stehenden Vulkans vermittelte.

«Bornstedt, leeren Sie Ihren Tornister, sofort!»

Konrad Koch bemerkte Bornstedts Hilflosigkeit und versuchte, seinen aufbrausenden Kollegen mit dem Hinweis zu beruhigen, dass es keinerlei Beweise für die Anschuldigung gebe und man …

«Das werden wir ja sehen», unterbrach ihn der ältere Kollege barsch. «Sehr schnell sogar, wenn es dieser Bengel Bornstedt endlich schafft, sich in Bewegung zu setzen und seinen Tornister auszupacken. Nun machen Sie zu, Ihnen steht das schlechte Gewissen ja ins Gesicht geschrieben …»

Alle Augen richteten sich auf Joost Bornstedt, der zitternd den Inhalt seiner Tasche auf der Bank ausbreitete. Ein paar Hefte, zwei Bücher, eine Feder … und … Joost Bornstedt glaubte nicht, was er sah, und fühlte sich mit einem Mal wie durch einen Watteberg von seiner Umgebung abgeschnitten. Da lag sie – eine schmale Handsäge.

Seinen schwachen Ruf «Die gehört mir nicht!» hörte kaum noch einer. Doktor Boschs gellender Zornesrausch erschütterte die Schulmauern.

«Mitkommen, Bornstedt!» Ohne sich um Konrad Koch zu kümmern, packte Bosch den ertappten Täter am Schlafittchen und zog ihn aus dem Klassenraum. Niemand interessierte sich mehr für den neuen Englischlehrer, der kurz darauf vor leeren Bankreihen stand. Alle hatten sich dem wütenden Bosch und dem kleinen Joost Bornstedt angeschlossen und traten soeben auf den Schulhof.

6

Ja, danke, Profalla, ich werde schon zurechtkommen.» Koch war erleichtert, als der Schuldiener kehrtmachte und ihn in seiner neuen Unterkunft allein ließ.

Nobel war er wirklich nicht untergebracht. Profalla hatte sich sichtlich unwohl gefühlt, als er ihm darlegte, dass der Förderverein keine andere Behausung für den neuen Englischlehrer bewilligt habe, weshalb ihm die alte Hausmeisterwohnung zugewiesen worden war.

Was für ein staubiges Verlies, dachte Koch, als er mit den Fingerspitzen die weißen Leintücher berührte, die über den wenigen Möbelstücken ausgebreitet waren. Staub stieg auf, und ein paar Spinnen begriffen, dass ein Junglehrer sie bald ihres Lieblingsplatzes berauben würde.

Konrad Koch setzte sich auf einen Sessel, ohne das Laken zu entfernen. Was für ein schrecklicher Tag. Die mühsame Anreise und dann eine erste Stunde, die an Widrigkeiten nicht zu überbieten war. Immer wieder drängten sich ihm die Bilder des schlagenden Kollegen auf, dessen Bestrafungsaktion er zunächst vom Fenster aus, später dann im Schulhof, verfolgt hatte. Mit einer Mischung aus Genugtuung und Sadismus hatte Bosch seinen Stock – er schien über ein größeres Sortiment zu verfügen – auf Joost Bornstedts rechter Hand niedersausen lassen, immer wieder, gnadenlos. Seinen Gewaltausbruch, der Bornstedts Mitschüler bei jedem Schlag heimlich mitleiden ließ, unterstrich Bosch stets mit dem Ausruf, dass Schüler vom Schlage Bornstedts an diesem Gymnasium nichts zu suchen hätten. Als er endlich davon abließ, auf den vorschnell schuldig Gesprochenen einzuprügeln, näherte er sich dessen Gesicht voller Hohn. «Consilium abeundi interrogabitur. Übersetzen Sie, Bornstedt», hatte er dem Gedemütigten zugeraunt. Der verschüchterte Knabe schien genau zu wissen, dass in den lateinischen Worten die Drohung eines Schulverweises mitschwang.

Konrad Koch schloss die Augen. Er bemerkte, wie sich zwei Fliegen in einem der Spinnennetze verfingen. Wie er sich für Doktor Bosch geschämt hatte, obwohl sich dieser nicht der geringsten Schuld bewusst war. Im Gegenteil – kaum war Bornstedt gesenkten Kopfes davongeschlichen, hatte er sich dem neuen Kollegen vertraulich genähert und sich aufs freundlichste vorgestellt: «Doktor Bosch. Geschichte, Griechisch, Latein.»

Koch hatte kaum etwas erwidert und das Schulgebäude mit einem Gefühl betreten, als sei er selbst einer Züchtigung unterworfen worden. Seinen Eindruck, dass mit Bornstedt der Falsche, das schwächste Glied der Gemeinschaft, getroffen worden sei, hatte er wenige Minuten später bestätigt gesehen. Aus den Augenwinkeln hatte er beobachtet, wie Felix Hartung seinen Mitschülern Hans Schwertfeger und Wilhelm Reuter Geld zusteckte, sie offensichtlich für eine Tat belohnte, die nur daraus bestanden haben konnte, den kleinen Bornstedt zu Unrecht anzuschwärzen. Immerhin hatte sich Koch kurz darauf ein wenig Befriedigung verschafft und Hartung noch auf dem Gang zur Rechenschaft gezogen. Diese Säge werde Hartung wohl kennen, hatte er ihm in ungewöhnlicher Schärfe mitgeteilt, und vermutlich wisse er, wohin diese gehöre. «Wenn Sie mich besser kennenlernen, Mister Hartung, werden Sie feststellen, dass ich Wert auf *fairplay* und *comradeship* lege, sehr großen Wert.» Hartung, der vorgab, nicht zu verstehen, was Koch von ihm wollte, hatte geschwiegen und seinem Lehrer nur einen arroganten Blick zugeworfen. Mit einem «I'll be watching you, Mister Hartung» hatte Koch ihm die Tür zum Klassenraum aufgehalten und sich wieder der Untertertia zugewendet, die vom Schulhofgeschehen noch ganz erregt war.

Konrad Koch wollte diese Bilder verscheuchen und wuchtete seinen Überseekoffer auf das Bett. Er sah sich skeptisch in seiner spartanischen Bleibe um. Gut, dass er nicht verwöhnt war. Auf der Anrichte stand ein weißer Waschkrug aus Emaille; darüber hing ein verstaubtes Bild, das den Kaiser zeigte. Der

Goldlack bröckelte vom Rahmen ab, und das Schutzglas hatte seit Jahren kein feuchtes Tuch und keinen Staublappen zu spüren bekommen.

Wäre es nicht besser gewesen, in England zu bleiben? Konrad bückte sich und fischte nach dem rundlichen Paket, das fast in der Grube des Telegraphenmastes begraben worden wäre. Gedankenverloren strich er über das braune Papier und freute sich – zum wievielten Mal eigentlich? – über den Schriftzug, den seine Freunde darauf hinterlassen hatten: «Never forget!» Darunter prangten die Namen von Ian, Charles, William, Henry und so vielen anderen.

Glückselig warf Konrad das wertvolle Paket in die Höhe. Er würde sich nicht beugen, nein, er würde mit diesen widerborstigen Englandhassern zurande kommen. Er strahlte über das ganze Gesicht; das runde Paket hatte wieder einmal seine Schuldigkeit getan. Vorsichtig legte er es aufs Bett und machte sich daran, für Ordnung in seinem neuen Zuhause zu sorgen. Der vollgepackte Koffer ließ sich jedoch nur schwer bewegen und rutschte schließlich vom Bett. Als das Ungetüm auf den Holzplanken aufschlug, fiel das Kaiserbildnis krachend zu Boden. Zersplittertes Glas, ein zerbrochener Rahmen – noch ehe Konrad den Schreck verarbeiten konnte, öffnete Schuldiener Profalla die Tür.

«Verzeihung Sie die Störung, Doktor Koch, aber ich vergaß zu erwähnen, dass Direktor von Merfeld Sie heute um sieben Uhr zu einem Empfang erwartet. Sie mögen ihn bitte begleiten. Es handelt sich um einen wichtigen Anlass, für den Abendgarderobe …» Profallas Blick verharrte länger, als es sich gehörte, auf Kochs kariertem Erscheinungsbild, und er bemerkte dann das ruinierte Kaiserporträt.

«Wie ist denn das …»

«Ein Unfall, werter Profalla, ein Missgeschick.»

Der Schuldiener verspürte plötzlich das Bedürfnis, das Zimmer des neuen Lehrers zügig zu verlassen. Er hatte ja schon viel erlebt in den dreißig Jahren seiner Schuldienerexistenz, aber dass ein Mitglied des Lehrkörpers in den ersten Stunden seiner Anwesenheit am Martino-Katharineum die Würde des deutschen Kaisers verletzte, das übertraf alles.

Konrad Koch wusste nicht, was er noch zur Erklärung oder zu seiner Entschuldigung anführen sollte, und winkte Profalla stumm hinterher, während sein Blick hilflos auf dem weißen, rechteckigen Fleck ruhte, den das fehlende Kaiserbild an der Wand hinterlassen hatte.

«Shit!»

7

Während Konrad Koch – unbemerkt von den Ohren seiner Schüler und Kollegen – fremdsprachige Kraftausdrücke bemühte, um Magengeschwüren vorzubeugen, herrschte gut zwei Kilometer vom Martino-Katharineum entfernt eitel Freude.

Inmitten einer weitgestreckten Parkanlage thronte das Anwesen der Bankiersfamilie Hartung, das mit jedem Türbeschlag, jeder Marmorstufe und mit seinem von der Dame des Hauses, die sich häufig auf Reisen vergnügte, sorgsam ausgewählten Interieur vom frischen und immensen Reichtum seiner Besitzer kündete.

Die Augen des Patrons Richard Hartung strahlten. Rechtzeitig zum Mittagsmahl hatte ihn sein Hausdiener Stollberg mit einer heißersehnten Nachricht überrascht. «Endlich», rief er aus, als er das Telegramm las, «endlich habe ich diese Kanaille in die Knie gezwungen! Hast du gehört, Felix? Dieser Rosenthal, der mir seit drei Jahren das Leben schwermacht, ist bankrottgegangen; er hat verkauft!»

Felix, der am anderen Ende des für deutlich größere Gesellschaften gedachten Speisetisches Platz genommen hatte, lächelte seinem Vater stolz zu. «Gratuliere! Ich habe heute – das wird dich hoffentlich freuen – auch eine Kanaille in die Knie gezwungen.»

«So? Wen meinst du?»

Felix blies sich auf und rückte seinen Oberkörper in eine kerzengerade Position.

«Joost Bornstedt, Vater, du erinnerst dich?»

«Und wie ich mich erinnere! Hat dieser Proletarius endlich das Martino-Katharineum wieder verlassen? Das wäre ein Segen, wenn diesem Spuk ein Ende bereitet würde.»

«Noch nicht, Vater, aber das wird bald passieren, keine Sorge.»

Richard Hartung legte den Suppenlöffel zur Seite und schaute seinen Sohn streng an. Niemals, führte er aus und erhob seine Stimme, dürfe man sich zu früh seines Sieges rühmen. Er habe sich immer gehütet, das nahende Ende Rosenthals in die Welt hinauszuposaunen, obwohl die Versuchung groß gewesen sei. Bis der Gegner am Boden liege und nicht mehr in der Lage sei, sich aus eigener Kraft zu erheben, gelte es, seine Lippen zu versiegeln und im Stillen alles für den Erfolg zu tun. Davon lebten die Wirtschaft, das Militär und das Staatswesen überhaupt. Die Besten überstünden den Daseinskampf und nicht die, die voreilig von ihren Triumphen redeten, das müsse sich Felix merken.

Der Junior hatte – verstimmt darüber, dass seine Aktivitäten so geringe Würdigung fanden – seinem

Vater zugenickt und schweigend die Lauchsuppe gegessen, ohne den leisesten Zweifel zu verspüren, dass diese Ratte Bornstedt das Martino-Katharineum bald nur noch von außen bestaunen und zu seinesgleichen zurückkehren würde.

Sein Vater las noch einmal das von seinem Diener Stollberg überbrachte Telegramm und nickte zufrieden. Entzündet durch das Gespräch über den Proletarier, der sich ans Katharineum verirrt hatte, fand er Gefallen daran, seine Weltanschauung weiter auszubreiten. Es konnte nichts schaden, seinem Sohn früh aufzuzeigen, auf welchem Fundament das Kaiserreich beruht und wo dessen Feinde stehen. Nur wer über dieses Wissen verfüge, erläuterte er, und entsprechend handele, diene dem Vaterland und trage dazu bei, dass Deutschland mächtiger denn je werde und die unverschämten imperialistischen Kräfte unter den anderen Nationen in ihre Schranken gewiesen würden.

«Eines, lieber Felix, muss uns allen klar sein. Wenn die Arbeiter damit beginnen, ihre Kinder auf höhere Schulen zu schicken, wird es nicht mehr lange dauern, bis die Sozialisten den Zeitpunkt gekommen sehen, eine Revolution anzuzetteln. Und dann werden sie nicht eher Ruhe geben, bis sie auch uns alles wegnehmen können, was wir mit unseren Händen aufgebaut haben, alles.» Als gälte es, den Inhalt seiner Rede zu unterstreichen, deutete Richard Hartung auf die Gemälde, Vasen und Marmorfiguren ringsum, die dem Speisezimmer einen teuren, wenngleich überladenen Glanz gaben.

«Auch den Rheinwein, den uns Rosalie gerade nachschenkt, werden wir uns nicht mehr leisten können», fuhr er fort, «wenn den Sozialisten die Chance gegeben wird, ihr Werk der Zerstörung anzugehen. Wehret den Anfängen! Hörst du mir zu, mein Sohn?» Verwundert blickte Hartung zu Felix hinüber, der ganz in Gedanken die junge Rosalie anstarrte und erst bei der Frage seines Vaters aufschreckte.

«Selbstverständlich, Vater! Und auch der Einflüsse des Auslands müssen wir uns erwehren. Wenn ich nur an die Engländer denke …»

«Ach ja, das stimmt, hat heute nicht dieser Britischlehrer seinen Dienst angetreten? Was für eine Schnapsidee von unserem guten Merfeld! Wie macht er sich denn so, der Neue? Musstet ihr Tee trinken und Roastbeef essen?»

Felix war erleichtert, dass sein Vater ein neues Thema gefunden hatte und nicht mehr über seinen Blickkontakt mit Rosalie nachdachte, dieses hübsche Wesen, das allerdings aus höchst proletarischen Kreisen stammte.

«Nun, ich weiß nicht, Vater. Er nennt das, was uns Bosch und seine Kollegen über England gelehrt haben, schlichten Unfug.»

«Unfug?» Richard Hartung meinte seinen Ohren nicht zu trauen. «Ich kann mir nicht vorstellen, dass euch der aufrechte Bosch etwas Falsches über die Eigenarten anderer Nationen erzählt. Unglaublich, wir werden diesen Britischlehrer wohl im Auge behalten müssen. Aber zuerst wollen wir uns an der Rinderroulade stärken, die Hermine wieder so vorzüglich zubereitet hat. Lass es dir schmecken, mein Sohn!»

8

Langsam setzte Joost Bornstedt einen Schritt vor den anderen und schob das eiserne Tor zur Fabrikhalle auf. Die Arbeiter hatten es nicht gern, wenn man ihnen vor die Füße lief und das Leben schwermachte. Aber Joost hätte es nicht ausgehalten, einen ganzen Tag lang seine Mutter nicht zu sehen. So war es zu seiner Gewohnheit geworden, sich nach dem Unterricht zu ihr zu stehlen und ihr das Mittagsbrot zu bringen. Seit sein Vater von einem Baugerüst gefallen und am nächsten Morgen, ohne das Bewusstsein wiedererlangt zu haben, gestorben war, musste seine Mutter das Geld heranschaffen, um sich und Joost über Wasser zu halten. Tag für Tag schuftete sie in der Fabrik, obwohl sie, wie Joost fand, viel zu schön für diese schmutzige Arbeit war.

Er zwängte sich durch zwei Loren mit Werkstücken hindurch und erspähte seine Mutter, die wie immer am selben Platz, gleich neben der Stanze, stand, mit hochgesteckten Haaren und einem Gesicht, das von schwarzen Schweißbahnen und Müdigkeit gezeichnet war.

Klara Bornstedts Augen begannen zu leuchten, als

sie ihren Sohn erkannte. Sie drückte ihm einen Kuss auf die Stirn, dessen Spuren er umgehend abwischte. Schließlich war er kein Kind mehr, das ständig von seiner Mutter geherzt werden wollte. Mit einem Auge nach dem Aufseher ausschauend, wickelte Joost einen blechernen Essnapf und einen Löffel aus seinem Baumwollsack.

Klara aß mit gierigen Bewegungen und erkundigte sich, während sie hastig an den Kartoffelstücken kaute, nach den Schulerlebnissen ihres Sohnes. Wie sehr hatte sie darum gekämpft, dass er das Martino-Katharineum besuchen durfte, und wie sehr hoffte sie, dass es ihm eines Tages erspart bleiben würde, in den heißen Dampfschwaden einer Fabrik sein Brot zu verdienen.

«Wir lernen jetzt Englisch, Mutter.»

«Das ist ja großartig, mein Junge. Als Ingenieur wirst du fremde Sprachen gut gebrauchen können. Vielleicht kommst du einmal sogar nach Amerika, wer weiß?»

Sie fuhr mit ihrer linken Hand, die von Schwielen gezeichnet war, durch sein lockiges, strubbeliges Haar und lachte ihn an – bis ihr Blick auf einen Lappen fiel, der mehr recht als schlecht um Joosts rechte Hand geschlagen war.

«Was hast du da?»

Mit gesenkten Augen stammelte Joost eine halblaut vorgetragene Erklärung: «Ich habe mir die Hand am Ofen verbrannt.»

Doch Klara schenkte ihm keinen Glauben. Sie riss den Lappen herunter und sah die blutunterlaufenen Striemen, die sich über seinen Handrücken zogen. «Was ist passiert? Hast du dich wieder mit den anderen angelegt, mit diesem Hartung?»

Stockend berichtete Joost von den Vorkommnissen an der Schule und von Doktor Boschs Ankündigung, einen Schulverweis für ihn zu beantragen. Klara Bornstedt stellte ihr Essen beiseite, schaute ihren Sohn verzweifelt und vorwurfsvoll zugleich an und vergrub das Gesicht in ihrem öligen Arbeitskittel. Erst nach einer halben Ewigkeit fand sie Worte und packte Joost, der am liebsten im Fabrikboden versunken wäre, am Oberarm.

«Willst du alles kaputtmachen, was ich für dich aufbaue? Ich ochse mir hier den Rücken krumm, werde bald wie ein unansehnliches Holzweib aussehen, und das alles nur, um das verdammte Schulgeld für meinen Sohn zusammenzusparen. Und was macht dieser Herr Sohn? Er prügelt sich mit Mitschülern aus den besseren Kreisen. Die werden, Joost, verstehst du, immer am längeren Hebel sitzen und die erstbeste Gelegenheit beim Schopf ergreifen, dich in hohem Bogen von der Schule zu werfen. Möchtest du das?»

Vergeblich mühte sich Joost, seine Mutter von seiner Unschuld zu überzeugen und sie zu beruhigen. «Ich kann ja, Mutter, auch in der Fabrik arbeiten. Dann brauchen wir kein Schulgeld zu zahlen und …»

Joost konnte seinen Satz nicht beenden, da seine Mutter ihn schroff unterbrach.

«Du wirst nicht in der Fabrik arbeiten – und auch nicht als Bauarbeiter. Ein Toter in der Familie reicht mir. Reiß dich gefälligst zusammen und geh deinen wohlerzogenen Klassenkameraden aus dem Weg. Ich werde bei deinem Direktor vorsprechen. Der hat es bisher gut mit uns gemeint.»

Klara Bornstedt hatte während ihrer wütenden Rede unwillkürlich ihre Stimme erhoben, sodass sich die anderen Arbeiterinnen nach ihr umsahen. Sie wusste, dass diese nicht nur freundlich darüber dachten, dass sie ihren Sohn auf ein Gymnasium schickte, und sie Klara als eine ansahen, die etwas «Besseres» werden wollte.

Aus dem hinteren Teil der Fabrikhalle näherte sich der Aufseher – ein unangenehmer Kerl, dem es gefiel, die ihm unterstellten Frauen zu schikanieren und ihnen zwischen die Schürzenknöpfe zu starren. Er hatte Klaras Wutausbruch mitbekommen und wies sie zurecht.

«Bornstedt, was soll das! Sie werden hier nicht für Volksreden bezahlt. An die Arbeit, aber schnell, sonst finde ich noch ein Plätzchen in der Leimkocherei für Sie. Und der Herr Sohn gibt Fersengeld. Kinder haben hier nichts zu suchen und Gymnasiasten schon gar nicht.»

Eilig packte Joost den Essnapf seiner Mutter wieder ein und machte sich aus dem Staub. Am Fabriktor blieb er einen Moment lang stehen und winkte seiner Mutter zaghaft zu. Er meinte ein Lächeln zu erkennen, ein wenig bitter, aber liebevoll. Sie würde für ihn kämpfen, aber was wollte sie ausrichten gegen Doktor Bosch und gegen die gemeinen Intrigen seiner Mitschüler?

9

Wer etwas besaß, musste es zeigen. Zufrieden stand Karl-Friedrich Schricker in der Tür zum Salonzimmer. Zweimal im Jahr empfing er Gäste in seinem Haus, Geschäftsmänner, Finanzleute, in Braunschweig stationierte Offiziere, Ratsvertreter, Lehrer der führenden Schulen – kurzum, die einflussreichen Vertreter des Gemeinwesens, die auf unterschiedlichste Weise dem Gedeihen des Turngeräteherstellers Schricker und seiner Familie nützlich sein könnten. Schricker, dessen Körpervolumen in den letzten Jahren beträchtlich angestiegen war, gefiel sich darin, die Salonabende zu einer Demonstration seines unternehmerischen Tatendrangs zu machen und die Gäste mit turnerischen Attraktionen zu verblüffen. Die Schricker'schen Abende sollten bleibenden Eindruck hinterlassen; so gelang es, die Firma im Gespräch zu halten und sich als Erneuerer zu zeigen.

Eine Militärkapelle begrüßte die Gästeschar mit unbeschwerten Marschmelodien. In der Mitte des großen Salons war ein Viereck ausgespart und mit Matten belegt worden. Zwei Turner in knielangen gestreiften Anzügen boten eine Vorführung an einem eigens für diesen Abend in der Villa installierten Reck und sorgten jedes Mal für aufbrausenden Applaus, sobald ein besonders kühner Aufschwung geglückt war.

Schricker selbst ließ es sich nicht nehmen, am Barren einfache Übungen vorzuführen, wenngleich sein draller Bauch dem im Weg stand. Das Publikum versuchte sein Amüsement zu verbergen und klatschte höflich Beifall, als Schricker unversehrt wieder Boden unter den Füßen gewann und in die Runde winkte.

Er wischte sein an der Stirn klebendes Haar zur Seite und bedankte sich bei seinen Gästen. Diese waren es gewohnt, dass Schricker nicht nur die Qualität seiner Geräte unter Beweis stellte, sondern auch die Erfolge seiner Firma aufzählte, ehe die ersten Kanapees gereicht wurden. Wie jedes Mal erläuterte er, dass sich noch vor vierzig Jahren an genau dieser Stelle, wo er jetzt stehe, die Säue im Dreck gesuhlt hatten und von einem blühenden Wirtschaftsleben keine Rede gewesen war.

«Heute jedoch», fuhr Schricker fort und wippte mit den Fersen, «stellen wir Waren von 1-a-Qualität her, beste deutsche Wertarbeit, versteht sich. Unsere Firma war es, die als erste Medizinbälle mit Bleigranulat füllte und damit einen Meilenstein setzte. Noch in einhundert Jahren, glauben Sie mir, wird der Medizinball aus unserem Haus ein wichtiger Bestandteil der körperlichen Ertüchtigung sein!»

Schricker griff nach seinem Weinglas und prostete den Zuhörern zu. Erneuter Applaus brandete auf, der den Redner darin bestärkte, fortzufahren. Er betonte, dass es ihm und seinen Fachleuten zudem gelungen sei, den Schulen und Vereinen endlich höhenverstellbare Böcke zu liefern – ein Fortschritt, von dem ganze Turnergenerationen zehren würden.

Während er sich anschließend daranmachte, die neue Flexibilität seiner Böcke sofort eigenhändig zu veranschaulichen, beugte sich im hinteren Teil des Saales an einem der weißgedeckten Tische Direktor von Merfeld zu Konrad Koch hinüber. Er murmelte etwas davon, dass ihm diese elenden Geräte einst fast seine Männlichkeit gekostet hätten, weshalb er ihnen bis heute mit höchster Zurückhaltung gegenübertrete.

Konrad Koch, der das für ihn ungewohnte Spektakel staunend betrachtete, lächelte insgeheim über die Offenheit, die sein Direktor ihm gegenüber an den Tag legte. Er sah sich um und hielt Ausschau nach Honoratioren, mit denen sein Vater in Verbindung gestanden hatte. Mit halbem Ohr hörte er, wie sich Karl-Friedrich Schricker über seinen Sohn Otto lustig machte, dem – so Schricker senior mit gespielt leidender Miene – jedes turnerische Talent fehle und der am Reck das Bild eines Spanferkels abgebe, das sich unablässig am Spieß drehe. Koch zuckte zusammen und beobachtete mitleidig, wie der gequält dreinblickende Otto Schricker von seinem Vater in die Mitte des Salons geschubst und mit jovialem Lachen präsentiert wurde. Vom heutigen Tage an werde er seinen Sohn in das aktive Unternehmerleben einführen, erläuterte der Geschäftsmann, auf dass auch die Enkel und Urenkel der Anwesenden in den Genuss hochwertiger Turngeräte und Medizinbälle der Firma Schricker kämen.

«Hoffentlich leiden darunter nicht die schulischen Leistungen deines Filius, lieber Karl-Friedrich», rief Direktor von Merfeld nach vorne. «Ein anständiges Abitur sollte er trotzdem ablegen, oder?»

Die Gäste schmunzelten, vor allem als Schricker senior umgehend beteuerte, dass daran nicht gezweifelt werden müsse: «Da mach dir keine Gedanken, werter Gustav, dafür werde ich persönlich sorgen und zur Not meinem ungelenkigen Sohn die Hammelbeine langziehen!»

Nachdem Karl-Friedrich Schricker seine vor Selbstbewusstheit strotzende Rede beendet und seinen unglücklich wirkenden Sohn entlassen hatte, mischte sich eine Schar von Bediensteten unter die zahlreichen Gäste, um deren Bedürfnisse zu stillen. Der Anblick turnender Menschen sorgte bei vielen für ein mächtiges Hungergefühl, doch erfreulicherweise ließen sich die Schrickers nicht lumpen und sorgten für ein üppiges Speisenangebot. Ununterbrochen wurden Weinflaschen entkorkt und die Bleikristallgläser der Gäste aufgefüllt.

Konrad Koch hielt sich von den dröhnend lachenden, sich ständig zuprostenden Runden fern und postierte sich vor einem ausladenden Wandgemälde, das in peniblem Realismus die Szenen einer Schlacht darstellte. Verwundete Soldaten, Pulverdampf, Pferde, die sich aufbäumten … Der Maler hatte kein Detail ausgelassen, um einen imposanten Eindruck der kriegerischen Auseinandersetzung zu liefern.

«Hat Ihr Vater nicht in Sedan an vorderster Front gekämpft?»

Konrad drehte sich um und blickte in die forschenden Augen eines Mannes, der sich ihm umgehend als Richard Hartung, Vorsitzender des Fördervereins am Martino-Katharineum, vorstellte.

«Meinen Sohn» – er deutete auf Felix, der sich ein paar Meter entfernt mit Ottos Mutter Eleonore unterhielt – «kennen Sie ja bereits?»

Konrad Koch verbeugte sich und stellte sich vor: «Ja, wir hatten bereits heute Vormittag das Vergnügen.»

Richard Hartung schien die leise Ironie in Konrad Kochs Antwort nicht zu bemerken. Er nahm einen Schluck aus seinem Champagnerkelch und deutete auf das blutreiche Gemälde. «Sedan, Koch, die Geburtsstunde unseres Kaiserreichs – was für eine erhebende Stunde. Ich vermute, dass die Schlacht auch für Sie der Höhepunkt Ihres Lebens war?»

Konrad berichtigte sein Gegenüber und erwähnte, dass er nicht zum Militärdienst herangezogen worden sei und stattdessen – wie Hartung sicher wisse – einige Jahre in England zugebracht habe.

Sein Gegenüber nickte fast widerwillig und blickte Koch argwöhnisch an: «Richtig, Sie zogen es vor, unserem Vaterland den Rücken zu kehren und in … Oxford war es, nicht wahr? … zu studieren. Jeder, Koch, muss wissen, was das Beste ist, für sich selbst und für das Kaiserreich. Überhaupt scheinen Sie mir recht jung zu sein. Direktor von Merfeld und der Förderverein bauen fest darauf, dass Sie sich trotzdem Ihrer Aufgabe gewachsen zeigen und um Ihre Verantwortung wissen. Diese jungen Leute» – erneut deutete er auf seinen Sohn – «sind die Zukunft unseres Landes. Ihnen obliegt es, aus diesen Knaben sittsame Menschen zu formen, die die deutschen Tugenden in die nächste Generation tragen.»

Koch vermied es, Hartung eilfertig zuzustimmen, und er verkniff sich jeden Hinweis darauf, dass er trotz seiner noch nicht einmal dreißig Jahre einige wichtige Erfahrungen gesammelt habe, nicht zuletzt auf der Insel, und zudem einen Doktortitel – mit einer Arbeit über Homer! – erworben hatte. Letzteres hatte Hartung sicher seiner Akte entnommen.

«Ich bin, werter Herr Hartung, sehr dafür, dass wir unserem Kaiser auf beste Weise dienen und unsere Wirtschaft voranbringen. Mir geht es indes vor allem darum, die Erziehung der Knaben so auszurichten, dass sie befähigt werden, ihre Zukunft selbst zu gestalten – wenn Sie verstehen.»

Richard Hartung fand keinen Gefallen am Verlauf des Gesprächs und trat einen Schritt auf Konrad Koch zu. Widerspruch duldete er nicht, weder in der Bank noch zu Hause. In knappen Worten belehrte er den neuen Lehrer, dass man hier wenig von den merkwürdigen Ansichten halte, die auf der Insel zu kursieren schienen. Davon wolle man nichts wissen. Im deutschen Kaiserreich, das möge Koch nicht vergessen, glaube man an bewährte Erziehungsmethoden, an Gehorsam und Disziplin.

«Diese Tugenden, Koch, haben uns dorthin gebracht, wo wir jetzt stehen», schloss er seine Ausführungen, ohne noch mit einer Replik des in seinen Augen hochnäsigen Junglehrers zu rechnen. Er führte sein Glas zum Mund.

«Sie meinen», entgegnete Koch, «vor ein Schlachtengemälde?»

Richard Hartung verschluckte sich an seinem Champagner, was Konrad die Gelegenheit gab, seine Ansichten auszubreiten. Mit leicht erhobener Stimme und funkelnden Augen versuchte er, Hartung davon zu überzeugen, dass es darauf ankomme, der Jugend zu vertrauen und sie nicht zu zwingen, das Überkommene blind fortzusetzen. «Der Erzieher darf keine Angst verspüren, irgendwann von seinen Sprösslingen überflügelt zu werden, das ist der normale Lauf ...»

«Ihr Idealismus in allen Ehren, mein lieber Koch.» Hartung hatte sich wieder gefangen, tupfte seine

Lippen mit einem Taschentuch ab und unterbrach Kochs Ansprache. «Vergessen Sie eines nicht: Sie selbst sind ein Experiment, eines mit ungewissem Ausgang. Der Förderverein hat Ihrer Anstellung nur mit Vorbehalt zugestimmt. Wir werden Sie beobachten, genau beobachten. Sie sollten daher die Hand nicht beißen, die Sie füttert. Nehmen Sie sich ein Beispiel an Ihrem verehrten Vater, Professor Koch. Er war ein Held, weil er im bedingungslosen Dienst für unser Vaterland gefallen ist.»

«Vor allen Dingen ist er tot», erwiderte Koch trocken und war froh darüber, dass sich Direktor von Merfeld nun zu ihnen gesellte und dem mit den Kiefern mahlenden Hartung keine weitere Möglichkeit bot, unterschwellige Drohungen zu formulieren.

«Wie schön», rief der vom Wein bereits sichtlich beseelte von Merfeld aus, «dass Sie sich so wunderbar verstehen! Freund Hartung ist seit vielen Jahren der Vorsitzende unseres großzügigen Fördervereins, und ohne seine generöse Hand wäre es nicht denkbar gewesen, die Stelle eines Englischlehrers einzurichten. Sie verstehen, Koch, ja?»

«Ja, ich verstehe, Herr Direktor … die Hand, die mich füttert … Wenn Sie mich jetzt entschuldigen würden. Die Anstrengungen der letzten Tage …»

Konrad Koch verbeugte sich höflich und strebte eilig dem Eingangsportal des Schricker'schen Anwesens entgegen. Auf den Treppenstufen hielt er einen Moment inne, sog die kühle Nachtluft ein und suchte den Abendstern am Himmel. Dann ging er die Stufen hinab. Einem Kutscher, der ihm den Schlag aufhielt, gab Konrad ein ablehnendes Handzeichen. Er wollte ein paar Schritte zu Fuß tun, seine Gedanken auf dem Heimweg sortieren und Richard Hartungs Selbstgefälligkeit rasch vergessen.

10

Mühsam versuchte Konrad Koch, Contenance zu wahren. Er fragte sich, ob es ihm je gelingen würde, diesen sprachunbegabten Bengeln englische Sätze beizubringen. Während er das Stück Kreide in der Hand anstarrte, dachte er unwillkürlich an den gestrigen Abend, an die Demütigung durch den mächtigen Richard Hartung und an sein Nachhausekommen, das kaum erfreulicher ausgefallen war. Vergeblich hatte er nach dem Wohnungsschlüssel gesucht, begleitet von kräftigen englischen Flüchen, wütend gegen die Tür getreten und einen derartigen Lärm verursacht, dass ihm Schuldiener Profalla ein kräftiges «Obacht, junger Mann!» zugerufen hatte. Profalla hatte es sich unter einer der Linden bequem gemacht, die im Schulhof standen, und Konrad konnte der Versuchung nicht widerstehen, sich an dessen Seite niederzulassen und über Gott und die Welt zu klagen. Freigebig reichte Profalla seinen gutgefüllten Bierkrug weiter. Je häufiger sie dem Getränk zusprachen, desto wirrer geriet ihr Gespräch. Profalla beklagte sein Eheleben, das schon unfassliche sechsundzwanzig Jahre andauere, und beschwor eine Zukunft herauf, in der das weibliche Geschlecht alle Männer – und ihn, Profalla, im Besonderen – aufs Abstellgleis befördern werde. Konrad hatte ihm gleichgültig zugenickt. Nur mit letzter Kraft war es ihm dank Profallas Ersatzschlüssel schließlich gelungen, in seine ungemütliche Wohnung zu gelangen und, ohne die Kleidung abzustreifen, zu Bett zu sinken. Der aufwirbelnde Staub hatte ihn noch einmal aufschrecken und das Laken abziehen lassen. Zum Glück fand er Trost in seinem runden englischen Päckchen, das er selig wie einen Teddybär an sich drückte. Sein Versuch, ein letztes Trinklied anzustimmen, eines, das er beim *pint of bitter* in Oxford gelernt hatte, war nicht von Erfolg gekrönt. Sehr bald hatte Konrad den Schlaf des betrunkenen Gerechten gefunden.

Erst das Gestammel eines seiner Schüler riss ihn aus seinen Gedanken: «Se sann. Se muhn. Se stars. Se örf.»

«Nein, nein, meine Herren, so wird das nie etwas», unterbrach er Otto Schrickers von Schweißausbrüchen begleitete Anstrengung, den bestimmten englischen Artikel korrekt auszusprechen. «Schricker, sit down, please. Mit dem ‹th› klappt das nur, wenn Sie die Zunge zwischen die Zähne legen.»

Konrad ging als Vorbild voran und intonierte ein «th», das niemand auf der Insel beanstandet hätte.

«Wer von Ihnen will es versuchen? Es ist nicht so schwer; noch hat sich niemand daran die Zunge abgebrochen.»

Keiner seiner aufmunternden Blicke wurde erwidert. Wie auf Verabredung starrte die Klasse ins Leere oder zu Boden, fest entschlossen, die Bemühungen ihres neuen Lehrers ins Lächerliche zu ziehen. Hinrich Claasen schien kurz zu zögern, wollte sich melden, doch der stechende Blick, den ihm Felix Hartung zuwarf, stoppte ihn. Als Joost Bornstedt den Arm hob, schoss ihm Hans Schwertfeger umgehend ein Papierkügelchen in den Nacken. Konrad bemerkte die Unruhe und rief den Schützen auf: «Mister Schwertfeger, please …»

Der Junge stemmte sich langsam von seiner Bank hoch, als bereite es ihm körperliche Schmerzen, diesen Kraftakt zu leisten. Er lächelte, spitzte demonstrativ seinen Mund und begann prustend, feuchte Laute auszustoßen, die von ferne an ein «th» erinnerten. Zur Freude seiner Mitschüler tat er so, als würde sich seine Zunge im Mund verrenken, und lispelte vor sich hin: «*Th*o? Ich glaube, Herr *Th*oktor, meine *Th*unge i*th*t *th*u kur*th* … Hil*th*e!»

Konrad Koch sah ihn empört an, versuchte das unterdrückte Kichern der anderen Schüler zu ignorieren. «Meine Herren, unterlassen Sie das! Sie verkennen die Bedeutung des ‹th›. Wer es nicht beherrscht, wird in England – entschuldigen Sie – wie ein Trottel dastehen und sich der Lächerlichkeit preisgeben. Die Beherrschung des ‹th› ist die Grundlage der englischen Aussprache.»

Seine Hoffnung, die Schüler durch diese Erläuterung anzuspornen, erlosch sofort. Felix Hartung sprang von seinem Platz auf und erwiderte schnippisch: «Besser, als vor der ganzen Klasse wie ein Trottel dazustehen! Ich habe keine Ahnung, wofür dieses Experiment gut sein soll. Wenn wir bis nach England vordringen wollen, brauchen wir Waffen und genügend Munition und keine Zunge, die sich zwischen die Zähne schiebt.»

Nachdem Hartung seine Unverschämtheit mit einem verächtlichen «ti äitsch» beendet hatte, breitete sich Schweigen im Raum aus. Die Spannung stieg. Welche Frechheit sich Felix Hartung da erlaubt hatte! Wie viele Tatzen würde ihm Koch dafür verabreichen? Ob es eine Meldung an den Direktor geben würde?

Otto Schricker beugte sich zu Emanuel Witthuhn hinüber: «Wetten, das gibt zehn Tatzen?»

«Ich schlag ein», flüsterte Emanuel zurück: «Mindestens zwanzig kriegt er dafür!»

Konrad Koch richtete sich auf und drückte sein Kreuz durch. Er überlegte und starrte Felix Hartungs Hände an. Es wäre ein Leichtes, wie Kollege Bosch zu reagieren und auf die Provokation mit der üblichen Bestrafung zu antworten. Konrad trat einen Schritt auf Hartung zu: «Wem, Mister Hartung, meinen Sie mit solchen Bemerkungen gefallen zu müssen? Ihrem Vater? Der ist nicht hier. Mir imponieren Sie nicht, nein, Mister Hartung. Sie langweilen mich mit Ihrem *bloody German Gehorsam*! Und Sie, meine Herren?»

Er wandte sich von dem um Fassung ringenden Hartung ab. «Teilen Sie die Ansicht Ihres Mitschülers, dass Ihnen die englische Sprache nichts zu bieten hat und dass es reicht, auf Ihrem jetzigen Wissensstand stehenzubleiben?»

Niemand reagierte. In der Luft knisterte es. Konrad Koch ließ seine Augen noch einmal über die Bänke kreisen, ehe er, ohne sich um die verdutzte Schülerschar zu kümmern, mit einem Satz den Raum verließ.

Nach ein paar Schrecksekunden durchbrach Felix Hartungs Stimme die Stille. Triumphierend rief er in die Runde: «Den sehen wir nicht wieder. Das war's dann mit diesem dämlichen Englisch.» Doch ehe er ansetzen konnte, seinen geflüchteten Lehrer nachzuäffen, kehrte dieser zurück und streckte den Kopf durch den Türrahmen: «Meine Herren, freuen Sie sich nicht zu früh! Sie finden sich in exakt drei Minuten im Turnsaal ein! Verstanden?»

Schon war von Koch nichts mehr zu sehen. Die Schüler zögerten, keiner wollte ihm folgen. Otto Schricker fand als Erster die Sprache wieder. «Her mit den Penunzen, Emanuel! Ich war mit zehn näher dran.»

«Von wegen! Das gilt nicht. Lehrer, die gar nicht schlagen, zählen nicht. Wer kann denn so was ahnen?»

«Quatsch nicht! Du suchst nur 'ne Ausrede. Das Geld gehört mir! Wettschulden sind Ehrenschulden, sagt mein Vater.»

Laut disputierend trotteten die beiden aus dem Saal und gesellten sich zu den anderen, die sich bereits in Richtung Turnsaal bewegten. Was sollte das? Seit wann lernte man Vokabeln und Grammatik mit Medizinbällen?

11

Endlich, jubilierte Konrad Koch innerlich, konnte er sein wertvollstes Mitbringsel einsetzen.

Mit langen Schritten eilte er in seine Wohnung, wo Schuldiener Profalla gerade damit beschäftigt war, das Porträt des Kaisers wieder an seinem angestammten Platz aufzuhängen. Er hantierte mit einer Wasserwaage und wischte mit einem Tuch über das erneuerte Glas, ganz so, als dürfe das Antlitz des Monarchen durch keine Unreinheit getrübt werden.

Als Konrad ins Zimmer trat, beachtete er Profalla kaum und warf ihm nur ein knappes «Good morning» zu. Er öffnete seinen Kleiderschrank, griff sich das rundliche Paket und riss das Papier ungestüm ab. Da war es: sein Ein und Alles! Unter den verwunderten Blicken Profallas, der sich mit seinem Putzlappen nun Schweißtropfen von der Stirn abtupfte, streichelte Konrad den merkwürdigen Paketinhalt: eine abgewetzte, mehr ovale als runde Lederkugel. Ein Funkeln umspielte seine Augen; beseelt streichelte er über das raue Leder und eilte mit seinem Schatz aus der Wohnung.

Unsicherheit lag über den Gesichtern der Schüler. Selbst Felix Hartung vermochte nicht einzuschätzen, warum Koch sie in die Turnhalle bestellt hatte. Sicher, vermutete er, eine idiotische britische Schulsitte, die der neue Lehrer ihnen auf Teufel komm raus nahebringen wollte.

Koch musterte die Riege, die sich so akkurat nebeneinander aufreihte, dass sogar Kollege Jessen nichts Anstößiges hätte feststellen können. Nun, dachte er, wollen wir mal sehen, wie wir die Widerspenstigen aus der Reserve locken. Ganz, wie er es aus seinen Tagen in England kannte, entledigte er sich seines Jacketts. Seine buntgescheckte Weste und breite Hosenträger kamen zum Vorschein, doch keiner der Schüler fand Zeit, sich darüber lustig zu machen, nicht einmal Zumbrinck, dessen Eltern in Braunschweig ein angesehenes Bekleidungsgeschäft besaßen. Anzüge, wie sie Lehrer Koch zu tragen pflegte, wären dort nie zum Verkauf angeboten worden.

Mit einigem Stolz präsentierte Koch seinen Lederball und ließ ihn auf seiner Zeigefingerspitze kreisen. Abwechselnd auf seinen Fuß und den Ball zeigend, sprach er betont langsam: «This … is a ball, a football.»

Otto Schricker starrte kuhäugig nach vorne, Joost Bornstedt folgte seinem Blick mit wacher Neugier, und Hinrich Claasen begann zu grübeln und fragte, ohne aufgerufen worden zu sein: «Ein … Fuß-… ein Fußball?»

«Excellent, Mister Claasen!», erwiderte Koch. Anschließend quittierte er Emanuel Witthuhns Zwischenruf, dass das ein ganz schön mickeriger Ball sei, mit einer abfälligen Handbewegung. Er sei mit seinen Ausführungen noch nicht am Ende gewesen.

«Ausschussware, Mängelexemplare», murmelte Otto Schricker und hatte die prallen Medizinbälle vor Augen, die in der väterlichen Fabrik viele Regalmeter füllten.

«And this», Koch deutete auf den Barren, «is a goal.»

«Ein Gaul?», entgegnete Emanuel verdutzt und betrachtete den Barren, als ob der ein langgehütetes Geheimnis preisgegeben hätte.

«Er hat *goal* gesagt.» Hinrich Claasen, der offenkundig Feuer gefangen hatte, stellte sich vor Emanuel und wiederholte das Wort andächtig.

Konrad Koch packte den Ball. «Passen Sie auf!» Er legte ihn auf den Saalboden, in gut zehn Meter Entfernung vom umbenannten Barren. Dann hielt er zwei Sekunden inne, nahm Ball und Tor ins Visier und ermunterte die irritierten Schüler, seinen Blicken zu folgen.

Koch spürte, dass er diesen Augenblick zelebrieren musste, um Eindruck zu machen. Er nahm Anlauf und donnerte den Ball durch den Barren, der eine derartige Zweckentfremdung nicht gewöhnt war. «And so I kick the ball into the goal.»

Die Hallenwand schien zu vibrieren, und das Echo

des phänomenalen Schusses dröhnte allen in den Ohren.

Keiner der Umstehenden besaß eine Vorstellung davon, was Koch ihnen veranschaulichen wollte, und manche hätten nicht gezögert, ihn endgültig für einen Verrückten zu halten.

«Wollen Sie, meine Herren, Ihr Glück nicht auch einmal versuchen? Gegen den Ball zu treten ist eine hervorragende Möglichkeit, Dampf abzulassen. Try it!»

Konrad Koch fühlte sich plötzlich gut. Ob der Funke überspringen würde? Sonnenstrahlen brachen durch die großen Glasfenster der Turnhalle, und er konnte es sich mit einem Mal vorstellen, in Braunschweig wieder heimisch zu werden. Doch seine Gedanken hatten keine Zeit, ihn in Beschlag zu nehmen, denn überraschend zielstrebig bildeten die Schüler eine Schlange, um mit ihren klobigen Stiefeln gegen dieses runde Etwas zu treten.

«Go on!» Einer nach dem anderen folgte Kochs Aufforderung.

Schricker, Claasen, Witthuhn – keiner tanzte aus der Reihe. Die Schüler droschen, mal mit mehr, mal mit weniger Geschick, gegen den Ball. Karl Zumbrinck nahm sich Zeit, unterbrach seinen Anlauf zweimal, ehe er sich in einer günstigen Position wähnte, das Leder mit einem kräftigen Stoß zwischen die Barrenstangen zu befördern. Als ließe sich sein Vorhaben dadurch günstig beeinflussen, feuerte er sich selbst an: «I … äh … kicke the ball in the goll.»

«Great, Zumbrinck, and a very good ‹th›!», gab Koch zurück und wandte sich sofort dem gemütlich Anlauf nehmenden Otto Schricker zu.

Der Junge hatte Angst, sich mal wieder in der Turnhalle zu blamieren. Bedächtig zog er seine Hose hoch und schnürte den Gürtel enger. «I kick the ball to the gaul», rief er mehr sich als seinem Lehrer zu und trat mit der Schuhspitze gegen die englische Importware. Mit Zumbrincks sattem Erfolg konnte sein Schuss, bei dem der Ball hoch über den Barren segelte, nicht mithalten. Betroffen sah er zu Koch hinüber, der jedoch alle Zweifel mit einem lauten «Not bad, Schricker!» zerstreute. «Beim nächsten Mal versuchen Sie es mit dem Spann, dann lässt sich der Flug des Balles beeinflussen.»

Koch wandte sich dem nächsten Schüler zu. «Und wie wäre es mit Ihnen, Hartung. Erweisen Sie uns die Ehre?» Er machte eine einladende Bewegung, auf die der Angesprochene fast hämisch reagierte.

«I kick the ball sonst wohin», rief Felix Hartung und holte mit einem Schwung aus, der ausgereicht hätte, einen Medizinball zur anderen Turnhallenseite zu befördern. Da er jedoch darauf konzentriert war, gleichzeitig seinen Lehrer zu beeindrucken, geriet er ins Stolpern und verfehlte knapp den Ball. Sein Körper geriet ins Trudeln. Hartung verlor die Kontrolle, drehte eine Luftpirouette und krachte zu Boden.

Während er trotz des heftigen Schmerzes ein Wimmern unterdrückte, bissen sich seine Kameraden auf die Lippen, um nicht in schadenfreudiges Gelächter auszubrechen. Der große Bankierssohn von einem englischen Fußball niedergestreckt! Hartung versuchte, sich nichts anmerken zu lassen, und rappelte sich mit hochrotem Kopf auf. Wutschnaubend nahm er den Ball, den er so grandios verfehlt hatte, und drückte ihn dem neben ihm stehenden Joost Bornstedt in die Hände: «Soll der Kleine doch zeigen, was er kann!»

Konrad Koch schritt nicht ein, sondern beobachtete angespannt, wie sich das Experiment entwickeln würde.

Die vom Schweiß aufgewärmte Luft stand still. Alle folgten Joosts präzisen Bewegungen. «I kick se ball into se gool.» Er konzentrierte sich auf den entscheidenden Moment und drosch den sorgfältig zurechtgelegten Ball elegant und kraftvoll zugleich zwischen die Barrenstangen. Ein lautes Donnern schlug vom Mauerwerk zurück, fast so, als ob Konrad Koch einen Schuss getan hätte.

Sich seines Erfolges ungewiss, blickte sich Bornstedt verängstigt um – und erntete einen Begeisterungsaufschrei seines Lehrers: «Congratulations, Mister Bornstedt! Was für ein brillanter Schuss, very good. Ein exzellentes *Mal.*»

Ehe die Nächsten an die Reihe kamen – keiner konnte es offensichtlich erwarten, es Zumbrinck oder Bornstedt gleichzutun –, unterbrach Koch die Schussübungen, um eine Erklärung anzubringen. «*Mal*, meine Herren, Sie haben gehört, was ich gesagt habe. Ihr Kamerad Bornstedt hat ein Mal geschossen, womit sich das englische Wort ‹goal› übersetzen ließe. Wir wollen ja alle Anstrengung unternehmen, das Fußballspiel auch sprachlich heimisch werden zu lassen. The goal – das Mal. Ob Sie die Güte hätten, sich diese Vokabeln einzuprägen?» Konrad Koch blickte in die Runde der erhitzten Gesichter. «Und nun Sie, Witthuhn, denken Sie daran, nicht mit roher Gewalt auf das Leder zu hauen, und zielen Sie. Das hat noch niemandem geschadet. Militärische Fertigkeiten lassen sich nämlich mühelos auf den Ballsport übertragen.»

Konrad zog die Finger durch die Hosenträger und ließ diese genüsslich schnalzen. Ohne weiter in das Geschehen eingreifen zu müssen, sah er zu, wie sich die Schüler nach vorne drängten, um an ihrer Schusstechnik zu feilen. Selbst ihr «th» schien sich mit jedem Treffer zu verbessern.

Nur Felix Hartung hielt sich im Hintergrund und sann darüber nach, wie er diese Demütigung ausmerzen konnte. Aufgeben würde er nicht …

12

Abend für Abend bereitete Koch aufs penibelste seine Unterrichtsstunden vor. Es musste ihm gelingen, die im Turnsaal aufgeloderte Begeisterung der Schüler in die rechten Bahnen zu lenken und sie spielerisch zur englischen Sprache hinzuführen. Seine Wohnung hatte inzwischen fast gemütliche Züge angenommen: Profallas Frau hatte das Fensterbrett mit zwei unverwüstlichen Topfpflanzen bestückt und ein gehäkeltes Deckchen über den wackligen Holztisch ausgebreitet. Im Waschbottich auf der Kommode thronte der magische Lederball, der die Zumbrincks, Claasens und Bornstedts in seinen Bann gezogen hatte. Und vor ihm auf dem Tisch stand das Teeservice, das er sich von seinem letzten Geld in einem Londoner Warenhaus geleistet hatte.

Koch schenkte sich Tee nach – auch das eine Angewohnheit, die er seinem Aufenthalt auf der Insel verdankte – und beugte sich über die Vokabelliste, die er den Jungen am nächsten Morgen vorstellen würde. Zum einen ging es darum, ihnen die Fachausdrücke zu veranschaulichen – am besten mit einer Tafelzeichnung, die die Positionen und Laufwege des

Spiels aufzeigte –, und zum anderen würde er nicht umhinkommen, einige der Begriffe ins Deutsche zu übertragen. Es wäre dem Förderverein mit dem bornierten Hartung vorneweg nicht zuzumuten, den Schülern ein unbekanntes Spiel beizubringen, das sich nur aus fremdsprachigen Termini zusammensetzte. «Mal» statt «goal» – das prägte sich vielleicht ein, aber wie sollte es gelingen, «centre-half», «dropkick» oder «defender» ins Deutsche zu übertragen? Wenn er Verbündete fände, in Braunschweig und Hannover für den Anfang, dann könnte der Fußball sich hierzulande ausbreiten, und dann wäre es nötig, die wichtigsten eingedeutschten Wörter in einer Broschüre zu veröffentlichen.

Konrad sah durch Frau Profallas Pflanzenduo hindurch … in eine Zukunft, in der seine Visionen Wirklichkeit würden.

Gemach, gemach, rief er sich zur Ordnung, ein Schritt nach dem anderen. Morgen wollen wir erst einmal den Wortschatz der jungen Fußballer um ein Vielfaches steigern.

Die Nacht zog über das Schulgelände; der Tee wurde kalt, und immer noch brütete Konrad über seiner Wörterliste. Er strich durch, ergänzte, zog ein frisches Blatt aus der Schublade und musste sich klarmachen, dass das Material mindestens für ein halbes Schuljahr ausreichte: to shoot, to pass, to defend, to attack, to push, to block – ein Verb so eindrucksvoll wie das andere. Trotz der vorgerückten Stunde steigerte sich seine Begeisterung mit jeder Zeile, und mit einem Mal verließ er seinen Schreibplatz, um sich den Ball zu holen, ihm nah zu sein. Theorie und Praxis gehören zusammen, dachte Konrad. So schön es war, den Fußball zu analysieren und das den Engländern schon vertraute Fußballspiel auf Braunschweiger Bedürfnisse zuzuschneiden, so notwendig war es, Schusstechniken zu schulen und Ausdauer zu erlangen. Er selbst konnte es kaum erwarten, mit den Schülern ein erstes Match auszutragen, draußen vielleicht auf dem Anger der Domäne St. Leonhard.

Konrad strich mit den Fingerspitzen über den Ball, den gestern noch ungelenke Schülerfüße gegen den Barren getreten hatten. Mit welch einfachen Mitteln man Spiellust wecken konnte. Wahrscheinlich war es den Menschen angeboren, gegen das Runde zu treten, und nur eine falsch verstandene Zivilisation hatte dazu geführt, in solchen natürlichen Körperbewegungen Rohheiten zu sehen. Er sah notdürftig bekleidete Steinzeitmenschen vor sich, die – wenn sie des Jagens und Fallenstellens überdrüssig waren – gegen Kieselsteine oder Holzstücke traten und sich freuten, wenn die Objekte in weitem Bogen aufflogen. Das waren vermutlich die wahren Vorreiter des Fußballs – eine historische Spekulation, die man in seinem geliebten England wohl nur ungern hören würde.

Konrad lächelte, dachte an seine Freunde Ian, William, Henry und Charles und warf den Ball in die Luft. Mit den Händen fing er ihn wieder auf, ließ ihn zu Boden fallen und dann auf seinem Spann tänzeln. Konzentriert versuchte er, ihn möglichst lange in der Luft zu halten, bis Spieler und Ball dem Kaiserporträt bedrohlich nahe kamen. Konrad drehte sich, hielt den Ball mit letzter Kraft davon fern und strauchelte an den Fransen des verschlissenen Teppichs, der vermutlich schon unzählige Lehrerstuben verschönert hatte. Der Ball tropfte auf und landete schließlich auf dem weichen Bettüberwurf – eine Entschärfung der Situation, die nicht lange anhielt. Denn kaum war der tückische Gegenstand zur Ruhe gekommen, verlor Konrad Koch die Kontrolle über seine Gliedmaßen, suchte vergeblich Halt an der Wand, verfing sich im Rahmen des Kaiserbildes, das Schuldiener Profalla so vorzüglich in Position gebracht hatte, und sah sich außerstande, den neuerlichen Sturz des Monarchen zu verhindern.

Da lag er wieder, von Glassplittern übersät. Der zu Boden gestreckte Konrad seufzte auf und kommentierte das Missgeschick mit einem resignierten «Not again!».

13

Wie niederdrückend es war, als Bittstellerin aufzutreten! Klara Bornstedt hatte, als sie von der Fabrik nach Hause geeilt war, ihr Haar sorgsam hochgesteckt, sich mit Seife gewaschen und den sauberen Rock aus dem Schrank geholt. Direktor von Merfeld hatte sie für den freien Abend einbestellt, und sie würde ihre Müdigkeit beiseiteschieben und für ihren Sohn kämpfen. So leicht, das hatte sie beim Leben ihrer alten Mutter geschworen, würde sie sich nicht unterkriegen lassen. Nicht von diesen Bürgersleuten, die unter sich bleiben und die Bornstedts dieser Welt nie hochkommen lassen wollten! Irgendwann würde sich das ändern, das spürte sie, vielleicht würde sie selbst es noch erleben, ihr kleiner Joost aber ganz sicher, und deshalb würde sie es nicht zulassen, dass man ihn vom Martino-Katharineum verwies. Von Merfeld soll sich in Acht nehmen, jawohl, hatte sie sich vor dem Spiegel zugerufen und sich zum Rapport bei ihm aufgemacht.

Von Merfeld bat Joosts Mutter, Platz zu nehmen, und betrachtete die temperamentvolle Frau aus den Augenwinkeln. Ohne Umschweife kam er zur Sache und schilderte ihr eindringlich, in welchen Schwierigkeiten er sich befinde. Sein Förderprogramm für Volksbildung sei zum Scheitern verurteilt, wenn sich bereits der erste Schüler – «Ihr Sohn Joost, verehrte Frau Bornstedt!» – als nicht geeignet erwiese.

Klara versuchte gar nicht erst, gegen die Ungerechtigkeit aufzubegehren, die ihr Sohn durch seine Mitschüler und Doktor Bosch erfahren hatte.

«Ich versichere Ihnen, Herr Direktor», erklärte sie kleinlaut, «dass sich Joost nichts mehr zuschulden kommen lassen wird. Und was das Schulgeld angeht, weiß ich Ihr Entgegenkommen sehr zu schätzen. Von meinem Lohn könnte ich Joost nicht einmal einen Monat aufs Martino-Katharineum schicken, das weiß ich wohl.»

Von Merfeld lächelte ihr freundlich zu. Insgeheim bewunderte er diese Löwenmutter und nahm sich vor, es den Kollegen und Eltern, die sich gegen die Förderprogramme wandten, nicht leichtzumachen.

Als Klara sich schließlich verabschiedete, trat sie auf den Schulhof und atmete tief durch. An den Schulwohnungen vorbeischlendernd, betrachtete sie ihr Spiegelbild in einer Fensterscheibe und richtete ihre zerzausten Haare. Einmal, wünschte sie sich, so viel Zeit wie die Bürgersfrauen zu haben, um sich zurechtzumachen. In der Fabrik beachtete niemand ihr Äußeres, und abends beugte sie sich über Joosts Schulaufgaben, viel zu müde, um auszugehen … von welchem Geld auch. Sie grübelte, während sie sich durch ihr Haar strich, und mit einem Mal fiel ihr der Haarkamm aus der Hand und rutschte durch die Gitter eines Kellerlichtschachts. Sie kniete sich auf den Boden und versuchte vergeblich, ihren Arm durch das Gitter zu strecken. Ein paar Zentimeter nur fehlten, der Kamm war nicht zu erreichen.

Hilfesuchend sah Klara sich um und entdeckte eine halboffene Tür, an der *Hausmeister* geschrieben stand. Entschlossen stieg sie die Treppe hinauf. Ihre «Hallo»-Rufe blieben unerwidert, sodass sie kurzerhand die Tür öffnete – und voller Entsetzen zurückwich: Ein nackter Mann stand vor ihr, ein nackter Mann, der sich gerade mit einem Waschlappen einseifte und sie nicht minder entsetzt ansah.

Konrad Koch reagierte gedankenschnell und bedeckte seine Blöße mit dem zu Boden gegangenen Kaiserporträt. «Was, gnädige Frau, verschafft mir die Ehre?»

Klara starrte ihn an, unfähig, für Klarheit in ihrem Kopf zu sorgen. «Ich suche … ja … ich suche … den Kaiser.»

«Damit kann ich nicht dienen. Der ist nicht zugegen.»

Klara errötete und registrierte den Unsinn, den sie gerade geplappert hatte. «Nein, nein, ich meine den Hausmeister, wegen meines Haarkamms, Sie verstehen, der ist mir in den Lichtschacht gefallen … der Haarkamm, meine ich.»

Konrad tat so, als verstünde er, was die junge

Frau von ihm wollte. «Ja, sicher, der Lichtschacht, ich suche ihn.» Ohne sich der Situation recht bewusst zu werden, bewegte er sich in Richtung Tür, bis es ihm zum Glück noch rechtzeitig einfiel, dass er nackt war. Unschlüssig legte er das zerstörte Kaiserbildnis beiseite und zwang die erneut aufschreiende Klara dazu, sofort die Augen zu schließen. Sie wandte sich zur Seite und tastete sich nach vorn, bis sie Konrads Hose zu fassen bekam, die am Bettpfosten hing. Klara reichte das Beinkleid mit spitzen Fingern weiter.

Während Konrad dankbar seine Hose überzog, kam Klara, wie es ihre Art war, schnell zur Besinnung. «Ich muss weiter, danke für … Entschuldigen Sie die Störung.»

Noch ehe Konrad ein «Es war mir ein Vergnügen» zurückgeben konnte, huschte Klara über den Hof, eilig bemüht, dieses ihr fremde Gelände, auf dem sich Menschen mit fremdartigen Angewohnheiten tummelten, umgehend zu verlassen.

Direktor von Merfeld, der gerade im Begriff war, die Hausmeisterwohnung zu passieren, kam nicht umhin, der flüchtenden Mutter nachzusehen und sich darüber zu wundern, weshalb Kollege Koch mit entblößtem, halbnassem Oberkörper in seiner Wohnungstür verharrte und Joosts Mutter nachblickte. Doch in seinem Alter musste er nicht mehr für jede Situation eine Erklärung parat haben. Er nickte Koch zu und schaute Klara Bornstedt nach, bis nichts mehr von ihr zu sehen war. Was für eine beeindruckende, impulsive Person das war, dachte er. Gut Kirschen essen war mit der nicht.

14

Go on. Weitermachen, nicht aufhören. Backward now … turn right … turn left … forward … and then to the left!»

Konrad Kochs Rufe schallten durch die Turnhalle. Er hatte sich auf die Barrenstange gesetzt, um einen Überblick über das turbulente Treiben zu haben. Noch rannten die Schüler kreuz und quer über die Holzdielen und mühten sich, ihre Vokabelkenntnisse umzusetzen. Sie wechselten die Richtung, stets darauf bedacht, nicht miteinander zu kollidieren. Manche wie Felix Hartung trabten lustlos umher, anderen wie Otto Schricker brach der Schweiß aus. Konrad versuchte, ihn bei Laune zu halten: «Mister Schricker, es ist unübersehbar, dass Sie Ihre Vokabeln nicht gelernt haben. Sonst würden Sie sich bei *forward* nicht zielstrebig rückwärts bewegen.»

Otto Schricker schnappte nach Luft. Seine Kniebundhose schnürte ihm die Waden ein; verzweifelt wollte er den anderen ausweichen, doch ehe er sich versah, hatten diese ihn über den Haufen gerannt. Otto krümmte sich und jammerte, bis Koch die

Übung mit einem Pfiff unterbrach und sich über den ermatteten Jungen beugte.

«Are you all right?»

«Ich kann nicht mehr, Mister Koch. Ich bin für ein solches Durcheinander nicht geschaffen. Zudem habe ich kaum etwas gefrühstückt … Muss man sich auch so viel bewegen, wenn man der ist, der im *gaul* steht?»

«*Goal*, Mister Schricker. *The goal.* Ob Sie das je begreifen werden?» Konrad schaute ihn dennoch freundlich an. «Wir können es ja mal versuchen. Mit Ihrer Körperfülle werfen Sie sich den Bällen einfach entgegen, und wenn Sie Ihr Reaktionsvermögen schulen, dann bringen Sie es vielleicht zu einem vorzüglichen *goal-keeper*!»

Schricker trollte sich zwischen die Barrenstangen, erleichtert darüber, nicht mehr mitten im schlimmsten Kreuzfeuer stehen zu müssen.

Konrad Koch hatte inzwischen den Ball in den Kreis der Jungen geworfen und setzte zu einer Erklärung an. «Es gibt zwei Arten des Fußballs zu unterscheiden, meine Herren, wie ich Ihnen das neulich an der Wandtafel erläuterte: Fußball mit Aufnehmen und Fußball ohne Aufnehmen, also einmal mit der Erlaubnis, das Leder mit der Hand zu spielen, einmal ohne. Letzteres bezeichnet man in England als *association football*, Ersteres als *rugby*. Beide Sportarten sind auf der Insel beliebt und weisen Vor- und Nachteile auf. Ich selbst bin ein besonderer Freund des Aufnehmens, aber es wird sich im Lauf der Zeit herausstellen, welche Art Ihnen besser zusagt. Heute wollen wir vor allem das Pass- und Flankenspiel üben.»

In allen Details demonstrierte er den Jungen, die jede seiner Bewegungen mit größter Aufmerksamkeit verfolgten, wie sie mit dem Leder umgehen mussten, um dies oder jenes zu erreichen. Dann gab er den Ball frei und beobachtete, welche Talente in seiner Untertertia schlummerten.

«Well done!», rief er Joost Bornstedt zu, der den Ball geschickt am Fuß führte und mit schnellen Körpertäuschungen seine Gegner immer wieder abschüttelte. Auch seine Pässe konnten sich sehen lassen. Ein Schuss gelangte hinüber zu Karl Zumbrinck, der den Ball mit dem Kopf zu erreichen suchte und dabei gegen den Barren prallte. Besorgt lief Joost auf seinen Mitschüler zu und half ihm auf – eine Szene, die Konrad Koch mit Applaus bedachte und Felix Hartung voller Abscheu betrachtete. So ging das nicht weiter, dachte Hartung und wartete auf eine Gelegenheit, es dem ballverliebten Bornstedt zu zeigen. Als Zumbrinck ansetzte, dem schmächtigen Jungen den Ball zuzuspielen, stemmte sich Hartung ihm entgegen und trat mit voller Wucht gegen Joosts Schienbein. Bornstedt sank zusammen und krümmte sich vor Schmerzen. Konrad Kochs Pfiff unterbrach das Spiel.

«Sind Sie verletzt, Mister Bornstedt?» Erst als

Konrad sah, dass der Getretene keinen Schaden davongetragen hatte und ein «Senk you. I äm fain.» stammelte, drehte er sich um und baute sich vor der Klasse auf. «What was that?»

Claasen zeigte wieder einmal auf: «This was a foul.»

Konrad nickte und gab Joost zu verstehen, einen Freistoß auszuführen. Einige versuchten sich als Abwehrspieler und stellten sich, die Hände vor ihre wertvollsten Körperteile haltend, dem Schützen entgegen. Nur Claasen missverstand die Situation und schützte seine Brille. Joost ließ ein paar Sekunden verstreichen, prüfte die Lage, nahm Anlauf und gab einen raffinierten Schuss ab, der hinter dem sich ungeschickt zu Boden werfenden Otto Schricker einschlug. Alle staunten. Dass so ein kleiner Kerl über einen derartig kapitalen Bums verfügte!

«Congratulations!» Ein paar Mitschüler klopften Joost auf die Schulter.

Hans Schwertfeger, über dessen Kopf der Ball gefegt war, stieß Felix Hartung an: «Ohne dein dummes Foulspiel hätten wir keinen reinbekommen.» Mehr als ein «Halt's Maul» ließ sich Hartung nicht entlocken – ein Wortwechsel, den Konrad Koch genau verfolgte. Das würde nicht das letzte Foul bleiben, da war er sich ganz sicher.

15

Doktor Boschs Stimme vibrierte. Was gab es Schöneres, als mit seinen Schülern die deutsche Kaiserhymne anzustimmen!

«Wir alle stehen dann / mutig für einen Mann / kämpfen und bluten gern / für Thron und Reich!»

Mit kraftvollen Armstößen dirigierte Bosch und ermunterte die Schüler, es ihm gleichzutun. Ehe nicht alle sechs Strophen gesungen waren, gab er keine Ruhe. Seine Inbrunst war so groß, dass er die Teilnahmslosigkeit der Schüler kaum bemerkte und auch nicht sah, wie sie unter den Tischen eine größere Papierkugel herumkickten.

«Handel und Wissenschaft / Heben mit Mut und Kraft / Ihr Haupt empor! / Krieger- und Heldentat / Finden ihr Lorbeerblatt / Treu aufgehoben dort / An deinem Thron!»

Bosch steigerte sich in das Lied hinein und begann, als er die letzte Strophe geschmettert hatte, mit Erläuterungen, die der Geschichte der «Heil dir im Siegerkranze»-Hymne galt. Während sich die Schüler in den hinteren Reihen unauffällig mühten, den Papierball unter Kontrolle zu bringen, führte Bosch mit gereckter Brust aus, wie wichtig es sei, das junge deutsche Kaiserreich zu stärken.

«Und was, meine Herren, könnte dafür besser geeignet sein als eine Hymne, die uns zusammenschweißt? Wir versprechen unserer Majestät in diesem trefflichen Lied, das deutsche Heer in seinen wichtigsten Aufgaben mit Blut und Eisen zu unterstützen. Und das werden wir auch, davon müssen unsere Feinde ausgehen!»

Bosch hieb mit seinem Stock auf die hinter ihm postierte Landkarte ein, wodurch der Ständer gefährlich zu schwanken begann. Die Stockspitze bohrte sich jenseits des Ärmelkanals in die Karte, schien England regelrecht aufspießen zu wollen. «Wir werden mit Mann und Maus kämpfen, wenn wir dieses Land dereinst besetzen. Frankreich haben wir mit 461 650 Mann in die Knie gezwungen. Was meinen Sie, meine Herren, welche Truppenstärke wird vonnöten sein, wenn wir die *Thames* überschreiten wollen?»

Bei dem Namen des Flusses spitzte Bosch seine Zunge und versuchte, ein affektiertes «th» auszusprechen. Mehr als ein vernuscheltes *sems* glückte ihm jedoch nicht. Er sah in die Runde und registrierte überrascht, dass Joost Bornstedt aufzeigte. «Sie, Bornstedt? Ausgerechnet Sie wollen uns militärische Nachhilfe geben? Bitte!»

Joost stand auf: «Es heißt *tems*, Herr Doktor Bosch, und nicht *sems*. Obwohl sich dieser große englische

Fluss mit ‹th› schreibt, spricht man nur ein ‹t›, also *tems.*»

Bosch starrte ihn an, als stünde ein schwarzgelockter Neger vor ihm und wollte ihm den Nutzen des Kannibalismus erklären. «Sind Sie … sind Sie, Bornstedt, endgültig verrückt geworden?» Noch ehe sich seine Schnappatmung beruhigte und er fortfahren konnte, erhob sich Hinrich Claasen und knüpfte unbeirrt an Joosts Einwurf an: «Wer das ‹th› nicht beherrscht und seine Ausnahmen, wird in England – entschuldigen Sie – wie ein Trottel dastehen. Schließlich gehört das ‹th› zu den Grundlagen der englischen Aussprache.»

Hinrich Claasen setzte sich, im festen Gefühl, seine Kenntnisse gut dargestellt zu haben.

Doktor Bosch schaute ihn und Bornstedt im Wechsel an und wusste nicht, welchen der beiden er zuerst maßregeln sollte. «Was erlauben Sie sich?», rief er erzürnt. «Wie kommen Sie auf solche Ungeheuerlichkeiten?» Er steckte zwei Finger in seinen Hemdkragen, um besser atmen zu können, als sich Felix Hartung zu Wort meldete.

«Ich kann die Sache wohl aufklären, Herr Doktor Bosch. Es ist Ihr Kollege Doktor Koch, der die Klasse zu derartigen Unflätigkeiten verleitet. Des Weiteren weckt er Umsturzgelüste und spricht von deutscher Barbarei.»

Noch ehe Hartung zu Ende gesprochen hatte, brach ein Tumult im Klassenzimmer aus. Stimmen schwirrten durcheinander. Sogar Schüler, die wie der sommersprossige Lothar Ulsaß normalerweise nie ein Sterbenswörtchen von sich gaben, sprangen auf und debattierten. Bosch traten vor Wut die Augen aus den Höhlen. Vergeblich versuchte er, die Rufe zu verstehen.

«Das machst du nur, weil du beleidigt bist wegen der Niederlage im Fußball» … «Koch muss es schließlich wissen, der hat drei Jahre in England gelebt» … «Vier Jahre waren es, Otto» … «Und wer *the river Thames* nicht richtig aussprechen kann, wird in London von keinem beachtet …»

Doktor Bosch hatte dergleichen noch nie erlebt. Aufstand, Revolution. Da begann er den Unterricht mit der herrlichen Kaiserhymne, und Minuten später brachen alle Dämme, nur weil dieser Koch zersetzende Lehrmeinungen vertrat. Und die Schüler lächerlicherweise gegen ein Ei aus Leder treten ließ.

Er trommelte mit den Fäusten auf sein Pult. Doch erst sein infernalisches «Ruhe!»-Gebrüll ließ die auf einmal so lebhaft interessierten Schüler zusammenzucken. Vermutlich war der Empörungsschrei von Geschichtslehrer Bosch bis zum Braunschweiger Marktplatz zu hören.

Das musste ein Ende haben, endgültig und für immer!

16

Felix Hartung hörte die Rufe seines Vaters, der im Park seine täglichen Fechtübungen praktizierte. Als er am Hauseingang vorbeiging, spähte er nach oben. Vielleicht, hoffte er, zeigte sich Rosalie kurz am Fenster, schüttelte ein Staubtuch aus. Das würde den Tag noch schöner machen.

Er war zufrieden mit sich und der Welt. Diesem Bornstedt hatten Wilhelm und er es gegeben. Wenn der Arbeitersohn meinte, er könnte sich anbiedern, nur weil er einen Lederball in ein Turngerät hämmerte, dann hatte er sich geschnitten. Die Lektion von vorhin würde er hoffentlich begreifen. Wilhelm und er hatten Joost in dem kleinen Durchgangstunnel hinter dem Schulgebäude aufgelauert und in die Enge getrieben. Felix hatte ihn mit aller Macht gegen die Mauerwand gepresst, während Wilhelm sich seine Schuhe geschnappt und sie an den Schnürsenkeln zusammengebunden hatte. Joosts Fluchtversuche hatte Felix mit Faustschlägen unterbunden. «Du glaubst wohl, du gehörst jetzt dazu, weil du mit dieser englischen Kugel umgehen kannst? Täusch dich nicht. Du hast hier nichts zu suchen, und mein Vater wird dafür sorgen, dass dieser Koch von der Schule fliegt … und du gleich hinterher, du Ratte!»

Verächtlich grinsend hatte Felix vor Joost ausgespuckt und ihn mit den zusammengebundenen Schuhen gereizt. «Na, die hättest du wohl gern wieder, um ein bisschen Ball zu spielen, wie? Ohne Schuhe klappt das mit den *goals* schlecht, oder?» Als Joost versucht hatte, sich seine Schuhe zu schnappen, hatte Felix sie im hohen Bogen in die Luft geworfen, wo sich die Schnürsenkel im Gestänge einer Gaslaterne verfingen. Dort oben machten sich Bornstedts abgetretene Latschen gut, hatte er gefunden. Feixend waren Wilhelm und er dann abgezogen, nicht ohne sich noch einmal umzudrehen und triumphierend zuzusehen, wie Joost hochsprang und sich abmühte, sein Paar Schuhe wiederzubekommen.

So konnte es weitergehen, dachte Felix, als er die weite Parkfläche hinter dem Haus betrat. Das gepflegte Grün glitzerte im Sonnenlicht. Hier würde einer wie Koch sicher gern seine Fußballmatches austragen. Doch darauf konnte er lange warten, stellte Felix zufrieden fest und sah seinem Vater zu, der seinen Fechtlehrer traktierte und einen Treffer setzte.

Hartung senior winkte seinen Sohn herbei. «Na, mein Junge, was hat der Tag gebracht? Wie geht es in der Schule?»

Felix berichtete ausführlich von den Geschehnissen und malte Konrad Kochs Umtriebe in grellen Farben aus. «Stell dir vor, Vater, wir sind die meiste

Zeit im Turnsaal, wo er uns englische Vokabeln eintrichtert und uns im nächsten Moment über die Planken hetzt. Er zweckentfremdet die Turngeräte, der Barren muss als *goal* oder *Mal* herhalten, und er zwingt uns, gegen diesen ledernen Ball zu treten. Wie leicht man sich da verletzen kann!»

Richard Hartung hörte seinem Sohn zu, ohne die Fechtübungen zu unterbrechen. «Touché!», rief er und trieb seinen Fechtlehrer, der es gewohnt war, dass der Bankier beim täglichen Training keinen Spaß kannte, vor sich her.

«Mit dem Fuß schlagt ihr gegen einen Ball? Wie weibisch! Und sonst bringt euch dieser Koch, dieser Schwätzer, nichts bei?» Richard Hartung machte einen Ausfallschritt und freute sich offensichtlich über seine gute Kondition.

«Nun, er untergräbt die Moral mit seinen zweifelhaften Lehrmethoden. Das würde dir nicht gefallen, Vater. Es herrscht Chaos bei ihm, und er wettert gegen den Gehorsam und unser Vaterland!»

Richard Hartung wurde hellhörig und stutzte: «Gegen unser Vaterland? Ist er Sozialist oder Anarchist?» Er ereiferte sich, stürmte gegen den Fechtlehrer an und brachte ihn in Bedrängnis, bis dieser strauchelte und zu Boden ging. Befriedigt drückte ihm Hartung die Säbelspitze auf die Brust.

Felix erging sich in weiteren Schilderungen des Koch'schen Fehlverhaltens und erzählte ausführlich davon, wie der Lehrer versuche, Joost Bornstedt zu schützen. Ja, er habe diesem sogar vor versammelter Klasse die Hand geschüttelt. «Stell dir das vor, Vater, diesem Proletarius, der nicht mal das Schulgeld aufbringen kann!»

Richard Hartung trat einen Schritt zurück und ärgerte sich, dass ihm die Erzählungen seines Sohnes die rechte Freude über seine fechterische Glanzleistung trübten. Sein Blick schweifte kurz zum Anwesen und blieb auf einer der Bediensteten hängen, die just in dem Moment aus dem Haus trat. «Kommen Sie her, Rosalie!»

Vorsichtig balancierend schritt die junge Frau mit einem Tablett die Eingangstreppe hinunter und näherte sich der Gruppe. «Ihr Kaffee, Herr Direktor.»

Richard Hartung griff nach der Tasse, ohne Rosalie eines Blickes zu würdigen. Sie drehte sich um, sodass ihre weiße Schürze im Wind rauschte, und bot auch Felix ein Getränk an. Der junge Mann errötete und brachte nicht mehr als ein gestottertes «Ja … ja, gern» heraus. Rosalie machte einen akkuraten Knicks und warf Felix ein kurzes, verschwörerisches Lächeln zu, begleitet von einem Zwinkern, das ihn ganz und gar verwirrte. Er sah dem Mädchen hinterher, wie es sich betont langsam – so schien es ihm – zurück zum Haus bewegte. In Gedanken versunken, wie er war, bemerkte er nicht, dass sein Vater jeden seiner Blicke wahrnahm und sich seine Miene zusehends verfinsterte.

«Felix, sieh mich an, wenn ich mit dir spreche. Ich

werde mit Merfeld über diesen Koch reden, und du konzentriere dich ganz auf deine Schulaufgaben, verstanden?» Richard Hartung stemmte die Fäuste in die Hüften, während sich sein Fechtlehrer beschwerlich vom Boden aufrappelte.

Felix wandte sich ab und ging zurück ins Haus. Er hatte nicht die geringste Lust, sich auf die Lateinklausur vorzubereiten. Gab es nicht Möglichkeiten, den Nachmittag sinnvoller zu verbringen?

Vorsichtig blickte er sich, auf dem Treppenabsatz stehend, um und sah, wie sich sein Vater und der Fechtlehrer unterhielten, wobei nicht zu unterscheiden war, wer von beiden Instruktionen erteilte. Eine gute Gelegenheit, dachte Felix und schlich durch den Hausflur, wo er Rosalie mit einem Korb Wäsche in den Bedienstetentrakt huschen sah. Obwohl er sich Mühe gab, nicht von ihr bemerkt zu werden, hatte sie seine Absicht sofort durchschaut und machte sich einen Spaß daraus, immer wieder innezuhalten und ihn dadurch zu zwingen, selbst abrupt stehen zu bleiben. Hinter einer Säule wartete Felix, bis Rosalie endlich die Wäschekammer erreicht hatte und die Tür einen Spalt offen ließ.

Felix schloss die Augen und ballte die Fäuste. Jetzt oder nie, dachte er und machte sich Mut. Auf leisen Sohlen näherte er sich der Kammer und drückte die angelehnte Tür behutsam auf. Wo war sie? Er tat ein paar Schritte in den Raum, und sein Blick fuhr über die Berge gewaschener und gebügelter Wäsche. Von

Rosalie keine Spur … bis er hinter sich einen Atemzug und ein freches «Na, traust du dich endlich?» hörte.

«Ja, nein, ich meine …» Felix stammelte und verlor alle Souveränität, die er sonst so gern an den Tag legte. «Nein, ich wollte nur sagen, dass die Art … die Art, wie Sie mich ansehen … dass mich das …» Unwillkürlich näherte er sich dem Mädchen, das ebenfalls beherzt einen Schritt auf ihn zuging.

«Ja? Was möchten gnädiger Herr mir sagen?» Kaum ein Kopfkissen hätte noch zwischen den beiden Platz gefunden. Fast schien es, als wollten sich ihre Lippen einander nähern – als plötzlich die Tür aufgestoßen wurde und Hausdiener Stollberg die Wäschekammer betrat, verdutzt darüber, den jungen Hartung hier anzutreffen.

«Guten Tag, Stollberg», reagierte Felix verlegen, «ich wollte nur den Wäscheausgang oder … nein, den Wäscheeingang kontrollieren. Damit es da nicht zu Unregelmäßigkeiten kommt.»

Stollberg entgegnete nichts, und Rosalie schaute mit Unschuldsmiene zu Boden. Felix nickte noch einmal, ohne zu wissen, warum, und entfernte sich eilig. Im Vorbeigehen nuschelte er: «Alles in Ordnung, Stollberg, so mein Eindruck … mit der Wäsche, meine ich …»

17

Otto Schricker jammerte vor sich hin. Erst hatte er zum Mittagessen nur eine bescheiden kleine Portion Sauerkraut mit Bauchfleisch abbekommen, und nun musste er den Nachmittag über in der Fabrikhalle verbringen, Seit an Seit mit dem alten Tuchowski, der fast schon zum Inventar der Firma gehörte. Im Werk gehe es drunter und drüber, das Geschäft floriere, wie Vater beim Mittagessen verkündet hatte. Umso wichtiger, dass Otto das Geschäft von der Pike auf lerne und sich für nichts zu schade sei.

Deshalb saß er nun inmitten des geschäftigen Treibens in der familieneigenen Werkhalle, von Tuchowski kritisch beäugt, und versuchte, die Nähmaschine so zu führen, dass sie das Leder genau an der richtigen Stelle durchlöcherte. Otto schwitzte, riss an dem sich quer legenden Lederflicken … und prompt bildete sich ein dickes Fadenknäuel. Beim Versuch, das Leder zu retten, brach die Nadel.

«So ein Mumpitz, Tuchowski, können wir den Teil nicht überspringen?»

«Nee, nee, mein Junge, das geht nicht. Dein Vater wünscht, dass du alles kennenlernst und dir das

Handwerk gründlich aneignest. Was Klein Hänschen nicht lernt, lernt Hans nimmermehr. Übung macht den Meister. Hier hast du eine neue Nadel.»

Wie oft Otto diese Lebensweisheiten schon zu hören bekommen hatte! «Bladdy dschermän Gehorsam», brummte er vor sich hin und kniff die Augen zusammen, um die Nadel richtig einzuführen.

«Was sagst du?»

«Ach nichts, ich brauch ’ne Pause, Tuchowski, ein bisschen Bewegung kann nichts schaden, wenn man immer so vor der Maschine sitzt, oder?»

Otto stand auf, griff nach zwei Besen und baute mit den Stielen ein improvisiertes Tor. «Komm, Tuchowski, wir nehmen den Medizinball da, ich bin der *goal-keeper*, und du versuchst, mir einen reinzuknallen.»

«Wer bist du? Ein Kohlpieper?» Der Arbeiter hatte keine Ahnung, was Otto beabsichtigte, und schaute den vor ihm liegenden Ball unsicher an.

«Na, mach schon, zeig, was du kannst!»

Tuchowski nahm Anlauf und trat mit dem linken Fuß gegen den schweren Medizinball, der kaum Anstalten machte, ein Stück zu rollen. Ein lauter Aufschrei folgte, Tuchowski hielt sich den Fuß und klagte über einen stechenden Schmerz. Sofort hielten einige der Arbeiter inne und erkundigten sich nach dem Geschehen, als plötzlich eines der Werkstore zuschlug und Karl-Friedrich Schricker, aufgeschreckt durch den Lärm, herbeieilte.

«Was zum Teufel ist denn hier los? Tuchowski, bist du noch bei Sinnen? Und von dir, Otto, erwarte ich, dass du als leuchtendes Beispiel vorangehst und nicht mit unseren Medizinbällen Schindluder treibst. Wieso trittst du die überhaupt mit Füßen, was soll diese Unsitte? Sei ein Vorbild, Otto, und die anderen gehen sofort an ihren Arbeitsplatz zurück.»

Vor sich hin schimpfend, verschwand der alte Schricker so schnell, wie er gekommen war. Und so bekam er auch nichts mehr davon mit, wie sich sein Sohn dem leidenden Tuchowski näherte und ihm ins Ohr raunte: «Meinen Sie, man könnte die Dinger auch kleiner und leichter machen? So etwa?» Mit den Händen formte Otto eine Kugel, die von der Größe her eine verblüffende Ähnlichkeit mit dem aus England importierten und von Lehrer Koch in seiner Waschschüssel sicher verwahrten Sportgerät hatte.

Tuchowski sah ihn verständnislos und wenig begeistert an. «Kleiner? Wie so ein mittelgroßer Kürbis? Mmh … Das ginge schon, auch mit unseren Maschinen. Aber was soll man mit so 'nem Ding anfangen?»

Während Otto Schricker in langsamen Schritten auf sein späteres Dasein als Turngerätehersteller vorbereitet wurde und es Joost Bornstedt mit Hilfe einer Leiter, die er sich bei Schuldiener Profalla auslieh, gelang, seine im Gaslaternenschein leuchtenden Schuhe zurückzubekommen, saß im Büro von Direktor von Merfeld eine ernste, mehr schlecht als gut gelaunte Runde zusammen. Pfarrer Werners und Doktor Jessen zogen an ihren Zigarren, wohingegen Richard Hartung und Doktor Bosch an ihren Branntweingläsern nippten, die ihnen Direktor von Merfeld – «Zur Besänftigung der Gemüter, meine Herren!» – serviert hatte.

«Gustav, da helfen keine Ausreden!» Hartung schwenkte ein Blatt Papier hin und her, auf dem er sich Notizen gemacht hatte. «Die Kaiserliche Schulordnung ist uns allen bekannt, aber wir wollen hier keine Paragraphen reiten, sondern uns um das Wohl unserer Kinder bekümmern. Und um das unseres Vaterlands.»

Er beugte sich über seine Papiere und hatte Mühe, seine eigene Handschrift zu entziffern. «Hier habe ich es! Koch spricht … Moment … Er spricht von ‹germanischer Grobschlächtigkeit›, man höre und staune. Und dann hat er wortwörtlich zum Besten gegeben – im Unterricht wohlgemerkt und nicht am Biertisch –, ich zitiere: ‹Sie langweilen mich mit Ihrem blutigen, deutschen Gehorsam!›»

Doktor Bosch hörte augenblicklich auf, an seiner Zigarre zu ziehen, und stieß ein entsetztes «Majestätsbeleidigung! Das ist Majestätsbeleidigung!» hervor, einen Einwurf, den sein Kollege Jessen sofort mit einem «Und ein Kündigungsgrund!» untermauerte.

Vergeblich bemühte sich von Merfeld, die Gemüter zu besänftigen. «Mein lieber Richard, nichts gegen deine Protokolle, aber manchmal bekommen die Schüler etwas in den falschen Hals oder eben ins falsche Ohr. Wir können dem guten Koch keinen Strick aus solchen Behauptungen drehen, ich bitte dich. Meines Erachtens haben wir mit ihm eine exzellente Wahl getroffen, um uns als Vorreiter neuer Gedanken und Lehrinhalte auszuzeichnen. Gewiss, es mag Eingewöhnungsschwierigkeiten geben, Probleme, sich wieder an deutsche Sitten anzupassen, er war schließlich vier Jahre in England …» Von Merfeld ignorierte Boschs Zwischenruf «Umso schlimmer, das ist ja das Problem!» und fuhr fort: «Am aufmüpfigen Verhalten der Schüler, Doktor Bosch – ich verstehe durchaus Ihre Erregung –, trägt er aber sicher keine Schuld.»

Pfarrer Werners, der von Merfeld mit wachsender Unruhe zugehört hatte, vermochte seine Empörung nicht mehr im Zaum zu halten. «Ich bestehe darauf, ja, ich bestehe darauf, dass wir uns umgehend ein Bild von Kochs Unterricht machen. Unser Förderverein hat vorrangig das Wohl der Kinder im Auge, und da dürfen wir nichts durchgehen lassen. Schon morgen früh sollten wir das tun!»

Doktor Bosch nickte heftig, und Direktor von Merfeld blieb keine andere Wahl, als dieser Inspektion zuzustimmen. «Nun gut, wenn es alle Herren einrichten können, kommen wir zur dritten Stunde der Untertertia zusammen. Doktor Koch unterrichtet dann.»

18

Es herrschte eine merkwürdige Stille auf dem Gang, der zur Untertertia führte. Angeführt vom Direktor, bewegte sich die Delegation entschlossen auf die Tür des Klassenzimmers zu. Aus Doktor Boschs Augen funkelte die Vorfreude auf den Untergang seines ungeliebten Kollegen, und auch Pfarrer Werners schien von Genugtuung erfüllt, dass dem undeutschen, heidnischen Treiben nun bald ein Ende bereitet würde.

Von Merfeld klopfte an die Tür, doch auf der anderen Seite rührte sich nichts. Verwundert sah er seine Begleiter an, von denen Richard Hartung als Erster die Initiative ergriff und die Tür aufriss. Nichts. Sosehr die zehn Augen in alle Ecken spähten: nichts. Kein einziger Schüler befand sich im Klassenraum, und auch von Doktor Koch war nichts zu sehen.

«Wo sind sie, ja, wo sind sie denn?» Von Merfeld schüttelte irritiert den Kopf, während Pfarrer Werners zwei Schritte nach vorne tat und entgeistert auf das Tafelbild starrte. «Was ist das?», stammelte er vor sich hin, unfähig, Kochs Schema eines Fußballfeldes mit dem Gewirr von Pfeilen, Markierungen und ausländischen Ausdrücken zu verstehen. Auch die Pädagogen Bosch und Jessen, die sich der Zeichnung vorsichtig näherten, verfolgten den Wirrwarr mit unverständigem Kälberblick.

«Das ist … das ist …» Doktor Bosch gewann die Fassung zurück und besann sich auf seine philologischen Kenntnisse. «Das ist, keine Frage, das ist … Trafalgar! Das ist eine militärische Strategie, das ist ein Geheimplan der Engländer, sehen Sie hin!» Keiner der anderen verstand, was Bosch sagte, und keiner wagte es, die eigene Ignoranz zuzugeben.

Bosch trat noch näher an das Tafelbild heran; seine Nase berührte um ein Haar den Kreis, mit dem Koch die Position des Torhüters markiert hatte. «Dieser Koch – das ist der Beweis –, dieser Koch bereitet die Invasion der Engländer vor. Unsere Kinder sollen dem Feind Tür und Tor öffnen. Unser eigen Fleisch und Blut! Wir züchten eine Natter an unserer Brust.»

Zaghaft meldete sich Turnlehrer Jessen zu Wort: «Aber auf welcher Position, geschätzter Kollege, befindet sich Admiral Nelson?»

Allein Richard Hartung wollte sich mit diesen Interpretationen nicht abgeben. Schließlich warteten wichtige Banktermine auf ihn. «Nelson, Entschuldigung, kann uns gleichgültig sind. Mich interessiert, wo sich Koch aufhält, zum Donnerwetter!»

«Vermutlich», warf von Merfeld ein, als die Fünfergruppe den Rückzug antrat, «hat er mit den Schülern die Bibliothek aufgesucht, um sie in die Gepflogenheiten des Quellenstudiums einzuführen, wenn Sie verstehen. Er ist ein guter Kenner des Griechischen …» Weiter kam der eingeschüchterte Direktor nicht, denn bis ins Treppenhaus drangen plötzlich mehrstimmige Schreie, die zweifelsohne aus dem Turnsaal kamen.

«Bibliothek?», merkte Hartung höhnisch an und trieb die Delegation zum Ursprung des Lärms.

Eine Minute später erstarrten die Herren vor dem, was sie zu sehen bekamen. Entschlossen hatte Richard Hartung die Tür zum Turnsaal aufgerissen, doch mehr als zwei Schritte gelangte die konsternierte Delegation nicht über dessen Schwelle.

Ohne sich um den hohen Besuch zu scheren, spielte die Untertertia hingebungsvoll Fußball. Die Schüler schrien wild durcheinander, rannten quer durch den Saal, grätschten, köpften, rangelten um den Ball und versuchten, in eine günstige Schussposition zu kommen.

Pfarrer Werners stieß ein entsetztes «Was um alles in der Welt geht hier vor?» hervor. Genauer gesagt wollte er diesen Entrüstungsschrei tun, doch besondere Umstände ließen es nicht zu, dass er seine Frage zu Ende brachte. Denn Joost Bornstedt hatte sich von seinen Gegenspielern gelöst und den direkten Weg zum Barren gewählt, wo sich Otto Schricker ihm entgegenwarf. Doch ehe dieser eingreifen konnte, umkurve Joost ihn und zog mit dem Spann ab, sodass der Ball mit Karacho gegen die Querstange des Barrens schlug und mit unverminderter Geschwindigkeit in Richtung Eingangstür flog. Alle Augen im Saal folgten der Flugbahn und sahen, wie der Ball mit rasender Geschwindigkeit zwischen den Beinen des aufgebrachten Pfarrers landete und ihn an seiner empfindlichsten Stelle traf.

Werners sank zu Boden, stieß Schmerzenslaute aus und schnappte nach Luft. Erst jetzt nahmen die Spieler und auch Übungsleiter Konrad Koch die Eindringlinge wahr. Außer Werners' Jammern war nichts mehr zu hören; es herrschte Totenstille, allein der Lederball sprang noch ein-, zweimal auf, ehe er zur Ruhe kam. Eine Explosion stand bevor, und alle wussten, dass diese der Einführung des Fußballsports nicht förderlich sein würde.

19

Umgehend wurden die Schuldigen zur Verantwortung gezogen. Schuldiener Profalla führte den über sein Missgeschick verzweifelten Joost Bornstedt in den Karzer und schien nicht zu begreifen, was sich im Turnsaal abgespielt hatte.

«Den Pfarrer niederschlagen», murmelte Profalla vor sich hin und ließ die Eisenpforte zum Karzer krachend zufallen, «unseren Werners, mit dieser Teufelskugel, die Doktor Koch von seiner Insel eingeschleppt hat. Nie hätte es so etwas früher gegeben, nie.»

Unterdessen zog man den Ballimporteur im Direktorenzimmer zur Rechenschaft. Vom Fenster aus sah von Merfeld sorgenvoll zu, wie der schmählich zu Boden gegangene und nun auf einer Trage hingestreckte Pfarrer Werners in eine Sanitätskutsche bugsiert wurde. Von Merfeld wandte sich um und wusste, dass nicht nur der vor seinem Schreibtisch wartende Konrad Koch auf der Anklagebank saß.

Richard Hartung ergriff, nachdem er betont langsam seine Handschuhe abgestreift hatte, das Wort: «Gustav, ich denke, wir müssen nicht viele Worte verlieren. Dein Experiment ‹Volksbildung› entwickelt sich zu einer Katastrophe. Wenn ich es recht sehe, wurde für diesen Bornstedt bereits ein Schulverweis beantragt, oder?»

Von Merfeld nickte demütig, wohingegen Konrad Koch sich aufrichtete und erklärte: «Schüler Bornstedt, verehrter Herr Hartung, stand unter meiner Aufsicht und hat unter dieser Aufsicht seinen unglückseligen Schuss abgegeben. Dafür übernehme ich die Verantwortung.»

«Lassen wir das beiseite», entgegnete Hartung, «und kommen zum eigentlichen Skandalon, zur Ungeheuerlichkeit, dass Sie der Klasse erlauben, während des Unterrichts mit dieser verflixten britischen Kugel herumzuhantieren.»

«Das ist», sagte Koch und machte keine Anstalten, vor der Zeit klein beizugeben, «keine Kugel, wenn Sie erlauben, sondern ein Fußball.»

Richard Hartung lachte gekünstelt auf: «Fußball? Was soll das sein? Ich wüsste nicht, dass der deutsche Wortschatz eine solche Vokabel kennt.»

«Verzeihen Sie, wenn ich widerspreche», fuhr Koch dazwischen. «Aber schon in der gelobten Skakespeare-Übersetzung des Grafen Baudissin finden sich folgende Verse. Sie gestatten, dass ich zitiere?»

Koch sammelte sich einen Augenblick und hob schließlich an: «Bin ich so rund mit euch, als ihr mit mir,/dass ihr mich wie ’nen Fußball schlagt und stoßt?/hin und zurück nach Lust schlägt mich ein jeder,/soll das noch lange währn, so näht mich erst in Leder.»

«Shakespeare?», fiel ihm Doktor Bosch ins Wort. «Wen überrascht es, dass Sie einen Engländer als Gewährsmann zitieren. Vielleicht haben Sie, Kollege Koch, die Güte und zitieren Goethe oder Schiller, wenn Sie nach Fürsprechern des … Fußballs suchen.»

«Skakespeare oder Schiller, das spielt keine Rolle», unterbrach Richard Hartung, der keine Zeit verlieren wollte, das philologische Geplänkel. «Ich verlange, dass dieses unmännliche Getrete gegen einen Ball sofort aufhört. Dafür ist an einer deutschen Schule kein Platz.»

Koch blieb stumm und erhoffte mit den Augen Unterstützung bei Direktor von Merfeld. Doch der Direktor wand sich und suchte nach Ausflüchten: «Sehen Sie, Koch, wir haben Sie geholt – und Sie wissen, welche Widerstände ich deswegen zu überwinden hatte –, um den Horizont unserer Schüler zu erweitern und ihnen die englische Sprache beizubringen. Eine Pioniertat, wie ich das nennen möchte, und ich vermag nicht einzusehen, dass dazu ein Ball nötig ist. Koch, ich bitte Sie, das muss doch auch ohne gehen, oder?»

Konrad Koch gab sich nicht geschlagen. «Fußball ist in England ein sehr populärer Sport und nach den Lehren Thomas Arnolds vor allem eine bewährte Erziehungsmethode, die …» Weiter kam er nicht, da sich Doktor Jessen nach vorne drängte und sich mit empörtem Gesichtsausdruck in Kochs Ausführungen einmischte: «Sport? Was soll das sein? Bei uns wird geturnt, und damit hat es Deutschland weit gebracht!»

«Nichts, Kollege Jessen, sei gegen die bewährte Tradition des Turnens gesagt», erwiderte Koch. «Alles zu seiner Zeit. Der Fußball erfreut sich keineswegs nur in England großer Beliebtheit, sondern auch in anderen Ländern.»

«Welche sollen das sein?», fuhr Bosch dazwischen.

«Holland zum Beispiel», erwiderte Koch und erntete ein Hohnlachen der Umstehenden. «Und es gibt sogar Dokumente, die darauf hinweisen, dass sich die alten Chinesen mit Hilfe des Balls ertüchtigten und vierzehn verschiedene Kickarten unterschieden.»

«Die Chinesen?!» Richard Hartung drohte die Fassung zu verlieren, sein Gesicht lief dunkelrot an. «Wollen Sie uns auf den Arm nehmen?»

Von Bosch und Jessen kamen zustimmende Rufe, und Koch merkte, dass er mit historischen Belegen, vor allem wenn sie nicht aus dem deutschen Kaiserreich stammten, nicht weiterkam. Daher änderte er seine Taktik und wandte sich dem erregten Hartung direkt zu: «Sie sind, Herr Hartung, ein Mann von Tatkraft und Willensstärke, der die Tugend der Kameradschaft zu schätzen weiß.»

«Schon gut, Doktor Koch», sagte Hartung, dessen Gesichtszüge nicht verhehlten, dass ihm die Anrede durchaus schmeichelte. «Aber Sie weichen vom Thema ab. Was hat das mit Ihrem Fußball zu tun?»

«Was ich sagen will, meine Herren: Es sind genau diese Charaktereigenschaften, die sich bei den Knaben durch den Umgang mit dem Ball besonders entfalten. Der jugendliche Geist wird motiviert, die Schüler lernen auf spielerische Weise, und sie empfinden Spaß dabei, sich auf diese Art und Weise ein Grundgerüst des Lebens anzueignen.»

«Spaß?» Richard Hartung blickte sein Gegenüber verdutzt an.

«Ja, Spaß. Die Fortschritte, die die Knaben …»

«Hören Sie auf, Koch! Hatten Sie während Ihrer Schulzeit Spaß?»

«Leider nein, Herr Hartung, wirklich nicht, und genau deshalb bin ich Lehrer geworden, um zu zeigen, dass es nicht nur in der Naturwissenschaft, Technik und beim Militär Fortschritte gibt, sondern auch im Unterrichtswesen.»

Direktor von Merfeld spürte, dass sich die Unterredung auf gefährliches Gelände zubewegte, und versuchte, schlichtend einzugreifen: «Richard, ich denke, wir sollten dem Kollegen Koch zugutehalten, dass er in bester pädagogischer Absicht handelt und sich anregende Gedanken über die Unterrichtsgestaltung …»

Weiter kam er nicht. Richard Hartung war nicht

gewillt, dieses Gespräch fortzusetzen, und brachte von Merfeld mit einem eisigen Blick zum Schweigen.

«Wenn Sie glauben, Herr Koch – und ich wundere mich, Gustav, dass du solchen Unsinn unterstützt –, wir hätten dieses Land dahin gebracht, wo es ist, weil wir alle zusammen so unglaublich viel Spaß gehabt hätten, dann muss ich Sie enttäuschen. Vielleicht ist das an englischen oder holländischen Schulen anders, da mag man vor mir aus Goudakugeln über die Grachten werfen, den ganzen Tag Spaß haben, gegen einen Ball treten, Skakespeare zitieren und ehrwürdige Pfarrer ins Krankenhaus befördern. An einer deutschen Schule weht zum Glück ein anderer Wind, und wenn Sie das nicht begreifen, packen Sie Ihre Sachen und schwimmen zurück auf Ihre gottverdammte Insel oder gehen Sie zu den Chinesen, die vor lauter Spaß Schlitzaugen bekommen haben.»

Richard Hartungs Stimme hatte an Lautstärke gewonnen. Seine letzten Worte brüllte er Koch entgegen, der einen Schritt zurückwich und seinen Widersacher distanziert ansah. Direktor von Merfeld schwieg und blickte zu Boden, auch als Hartung, ohne seinen Stimmpegel zu senken, fortfuhr: «Dieser Ball verschwindet aus Ihrem Unterricht und aus dieser Schule, ein für alle Mal. Oder *Sie* verschwinden. Haben Sie verstanden?»

Ohne eine Antwort abzuwarten, machte er auf

dem Absatz kehrt und verließ das Direktorenzimmer, gefolgt von den Doctores Bosch und Jessen, die sich vom Ablauf der Zusammenkunft höchst befriedigt zeigten.

20

«Und was sollen wir jetzt tun?» Otto Schricker schaute seinen Englischlehrer an, enttäuscht und vorwurfsvoll zugleich. Soeben hatte Koch der Untertertia mitgeteilt, dass Direktion und Förderverein nicht bereit seien, das Fußballspiel am Martino-Katharineum weiter zu dulden.

«Es tut mir leid, gentlemen, mir sind die Hände gebunden. Es sieht so aus, als fühle sich das junge deutsche Kaiserreich in seinen Grundfesten erschüttert und als sei es noch nicht stark genug, englische Einflüsse aufzunehmen.»

Alle Versuche der Schüler, ihren Lehrer anzuspornen, fruchteten nichts. Konrad zuckte die Achseln und empfahl sich, den Lederball unter dem Arm. Er machte sich in seine Wohnung auf und ließ eine hitzig debattierende Schülerrunde auf dem Schulhof zurück.

Nur einer schaute ihm zufrieden hinterher.

Noch immer lächelte Felix Hartung siegesgewiss, als er sich auf den Heimweg machte. Kaum hatte er die elterliche Villa betreten, stürmte er seinem Vater entgegen.

«Ich danke dir, Vater, dass du diesem englischen Irrsinn Einhalt geboten hast. Es war höchste Zeit, dagegen vorzugehen.» Felix Hartung schmeichelte seinem Vater, ohne zu merken, dass dieser mit ihm zu hadern schien.

«Schon gut», erklärte der Senior, «wir haben nur unsere vaterländische Pflicht getan. Zweifelhaft genug, dass ihr euch mit dieser minderwertigen Sprache befassen sollt.»

Als Felix seinen Vater unterbrach und betonte, dass er nicht ruhen wolle, bis Bornstedt die Untertertia verlassen habe, schnitt ihm dieser das Wort ab und tadelte ihn schwer. «Felix, mir wurde mitgeteilt, dass du deinen Rang innerhalb der Klasse aufs Spiel setzt, ja, dass du im Begriff seiest, ihn zu verlieren. Mir missfällt das. Du weißt, dass die Hartungs immer vorangehen und sich so ihre gegenwärtige Position in der Gesellschaft erarbeitet haben …»

Richard Hartung hielt in seiner Unterweisung inne, als Hausdiener Stollberg Vater und Sohn passierte und im Schlepptau die hilflos dreinblickende Rosalie mit sich führte, die einen schmalen Pappkoffer in der Hand hielt. Felix blickte ihr erstaunt hinterher und wandte sich fragend seinem Vater zu.

«Ehe ich es vergesse, Felix», setzte Richard Hartung an. «Ich habe Stollberg angewiesen, diese schamlose Person aus unserem Haus zu entfernen. Nein» – er hob abwehrend die Hände –, «es ist nicht nötig, dass du dazu etwas sagst. Einem Hartung steht es schlecht zu Gesicht, sich zu rechtfertigen. Und nun geh, ich habe zu tun.»

Felix schossen die Tränen in die Augen. Er sprang, kaum dass sein Vater im Arbeitszimmer verschwunden war, auf das Fenster zu und sah, wie ein Diener Rosalies ärmlichen Koffer auf eine Kutsche lud. Vergeblich hoffte Felix, dass sie noch einmal zurückblicken würde. Niedergebeugt kletterte sie auf den Kutschbock, die Hilfe des Dieners abwehrend.

Felix legte seine Hand auf die beschlagene Glasscheibe, als könnte er sie mit dieser Geste zurückholen.

21

Seit den verhängnisvollen Ereignissen im Turnsaal war es am Martino-Katharineum besser, die Rede nicht auf die merkwürdige Sportart zu bringen, die Lehrer Koch um jeden Preis in Braunschweig verbreiten wollte. Schuldiener Profalla, der inzwischen Gefallen an diesem munteren Spiel gefunden hatte, berichtete Konrad von den Brandreden, die Pfarrer Werners in seiner Sonntagspredigt gegen die englischen Unsitten hielt. Seine Frau, so Profalla, habe ausführlich geschildert, wie der Pfarrer sich auf der Kanzel ereifert und von einem barbarischen, widernatürlichen Treiben gesprochen habe. Unschuldige Kinder würden auf diese Weise verführt und ergingen sich in gottloser Fleischeslust. Man kämpfe um ein lächerliches Lederding und falle sich wie verrückt in die Arme, sobald man ein – wie heißt das? – Gohl geschossen habe. Obwohl, wie Profallas Frau spöttisch zusammengefasst habe, die meisten Kirchgänger – alte Muttchen vor allem – nicht im Geringsten begriffen hätten, was unter einem «Gohl» zu verstehen sei. Ja, manche hätten dahinter sogar ein seltenes Wild vermutet, woraufhin sich die Stimmung im

Gotteshaus aufgeladen hätte. Werners habe, mit sich und seinen Schäfchen zufrieden, die Kirche letztlich aber guten Mutes verlassen.

Joost Bornstedt und seine Mutter fanden selten den Weg in die Kirche. Zu erschöpft war Klara Bornstedt von der Schinderei in der Fabrik; zudem quälte sie die Sorge um ihren Sohn, dessen schulische Zukunft auf der Kippe stand.

Ängstlich hatte Joost sich auf den Heimweg gemacht. Und wäre es nicht um seinen Verbleib an der Schule gegangen, hätte er vermutlich mit einigem Stolz an den prächtigen Lattenschuss zurückgedacht, dessen unglücklicher Abpraller den Pfarrer in sein Allerheiligstes getroffen hatte. Joost schleppte sich müde und blass in die ärmeren Stadtteile des aufstrebenden Braunschweigs. Er ahnte, was ihn zu Hause erwartete, und verspürte folglich keine Eile, ans Ziel zu kommen. Nichtsdestominder nutzte er die erstbeste Gelegenheit und trieb eine Dose, die vor der Schusterwerkstatt gelegen hatte, vor sich her. Er spielte mit sich selbst Doppelpass und kontrollierte die zertretene Dose vorzüglich – bis sie plötzlich von einem Fuß gestoppt wurde. Von einem Mädchenfuß.

Ihren kümmerlichen Koffer in der Hand, baute sich Rosalie vor ihm auf und gab die Dose nicht frei. «Sag mal, Kleiner, wo wohnt denn hier die Hauswirtin?»

Joost sah sie erstaunt an und deutete mit der Hand zu einem Fenster im Erdgeschoss.

Rosalie bedankte sich und kickte die Dose mit einem kräftigen Schwung zurück. Joost stoppte sie aus der Luft und ließ sie auf seinem Fuß tänzeln. «Hey, das war nicht schlecht», rief er. «Hast du Lust, die Dose ein wenig hin und her zu treten?»

Rosalie schaute entgeistert zurück: «*Was* sollen wir tun?»

Joost baute sich vor ihr auf und entgegnete mit dem Stolz des Fachmanns: «Das nennt man Fußball. Es kommt aus England.»

Noch ehe er zu weitschweifigen Erläuterungen ansetzen konnte, hallte die Stimme seiner Mutter durch den Hinterhof: «Joost? Bist du das, Joost?» Mit einem raschen Gruß verabschiedete er sich von Rosalie – wahrscheinlich war es ohnehin zu früh, die Frauen mit dem Fußball vertraut zu machen – und sprintete die Treppe zur Wohnung hinauf, wo seine Mutter, die Arme unheilvoll in die Hüften gestemmt, ihn bereits auf der Schwelle erwartete.

«Wo warst du, Junge? Wo kommst du her?»

Ohne um den heißen Brei herumzureden, erzählte ihr Joost stockend von dem, was sich an der Schule ereignet hatte. Ihr war bereits zugetragen worden, dass Joost Pfarrer Werners zu Boden gestreckt und einige Stunden im Karzer zugebracht hatte. Seine Mutter wusste immer, wenn er etwas ausgefressen hatte, obwohl er sich in diesem Fall keiner Schuld bewusst war. Bei diesem Fußballspielen ging es nun mal zur Sache, und da musste man, wenn man unangemeldet im Turnsaal auftauchte, mit Querschlägern rechnen. Seiner Mutter durfte er mit solchen Details natürlich nicht kommen, und so blieb er schließlich wortlos auf dem Küchenschemel sitzen, bis sie sich wutentbrannt ihren Mantel überwarf und mit einem «Du rührst dich nicht von der Stelle!» die Stiege hinunterfegte.

Konrad Koch ahnte nichts von dem Unwetter, das sich in Gestalt von Klara Bornstedt der Schule näherte. Versonnen lag er auf seinem Bett, ein Kristallglas mit Wein neben sich, aus dem schon sein Vater getrunken hatte.

Wie anders hatte er sich die Rückkehr nach Braunschweig vorgestellt! Als Griechisch- und Deutschlehrer wäre er mühelos auch an einer anderen Schule untergekommen, doch er wollte unbedingt in die Fußstapfen seines Vaters treten und ihn, den Toten, davon überzeugen, dass sich auch in der Pädagogik einiges verändern ließ – mit ungewöhnlichen Methoden und mit der Überzeugung, dass die Schüler nicht allein durch militärischen Drill ihr Leben meistern würden. Und nicht zuletzt hatte Konrad bei seinen Überlegungen an jene Margarethe Wecke gedacht, auf die er vor seinem Weggang nach England ein Auge geworfen hatte. Vergeben sei die junge Frau noch nicht, hatte er gehört. Ihr Vater wirkte ebenfalls als

Pädagoge und galt als aufgeschlossener Mann. Doch wie sollte er in Braunschweig sesshaft werden, dachte Konrad, wenn man ihm das Leben schon nach kurzer Zeit schwermachte und einer wie Hartung ihn im hohen Bogen auf die Straße setzen wollte?

Konrad stöhnte auf und kramte aus seiner Nachttischschublade eine abgegriffene Fotografie hervor. Sie zeigte ihn, wie er inmitten seiner englischen Freunde stand, auf dem abschüssigen Platz hinter dem Nebengebäude der Oxforder Universität. Mindestens zweimal die Woche hatten sie sich dort getroffen, hartgesottene Kämpfer, die mit dem Fußball gut vertraut waren und die ihm nach und nach ihre Tricks beigebracht hatten. Auf dem Foto lagen sie sich in den Armen, glücklich nach einem Sieg, den sie in den allerletzten Minuten gegen eine Auswahl aus Nottingham errungen hatten. Konrad hatte zu ihnen gehört, und er wusste genau, was er diesen Momenten der Gemeinschaft verdankte. Oberflächlich betrachtet, ging es nur um einen lächerlichen Ball, und doch schien sich die Welt für seine englischen Freunde stets um ihn zu drehen. Die Ähnlichkeit zwischen Ball und Erdkugel schien kein Zufall zu sein.

Als Konrad über diesen philosophischen Betrachtungen einzunicken drohte, klopfte es energisch. Er schrak auf, richtete seine Weste und ging mit einem «I'm on my way» zur Tür.

Vor ihm stand jene Frau, der er vor ein paar Tagen nackt gegenübergetreten war, unfreiwillig, als sie sich auf der Suche nach ihrem Haarkamm in seiner Wohnung wiedergefunden hatte und er sich verzweifelt mit dem Bildnis des Kaisers zu schützen gesucht hatte.

«Sie sind das? Sie sind der Lehrer Koch?» Klara Bornstedt überwand ihre Scham rasch. Zu erregt war sie, als dass sie sich lange hätte aufhalten wollen mit der Erinnerung an jene absonderliche Begegnung.

Konrad wusste nicht, was er von diesem Auftritt halten sollte. «Ja, der bin ich. Und mit wem habe ich erneut das Vergnügen?»

Klara Bornstedt hielt sich nicht mit langen Vorreden auf, sie gab sich als Joosts Mutter zu erkennen und setzte unvermittelt mit bitteren Vorwürfen ein: «Wegen Ihnen also musste mein Junge stundenlang im Karzer sitzen, und wegen Ihnen wird er von der Schule fliegen.»

Konrads Versuch, sein Bedauern auszudrücken, wischte sie mit einer Handbewegung beiseite. «Sparen Sie sich Ihre Ausreden. Oder wollen Sie später Joost in der Fabrik Unterricht erteilen, an der Werkbank?»

Konrad ließ sich nicht irritieren und bot Klara Bornstedt eine Tasse Tee an. «Ich wollte, liebe Frau Bornstedt, Ihren Sohn, der in meinen Stunden ein außergewöhnliches Talent an den Tag legt, fördern, seine Begabung unterstützen.»

«Ach so? Mit dem Ergebnis, dass er diesen Pfarrer ins Krankenhaus bringt, ja?»

Unbeeindruckt von Klaras Erregung versuchte sich Konrad verbindlich zu zeigen. Lächelnd gab er zu verstehen, dass Pfarrer Werners sich wieder bester Gesundheit erfreue und sich das Thema Fortpflanzung für ihn ohnehin nicht mehr stelle. Sein versöhnlicher Ton verfehlte indes seine Wirkung. Klara strich sich eine Haarsträhne aus dem Gesicht und unterbrach den Lehrer: «Sie setzen die Zukunft meines Sohnes aufs Spiel und reden von Fortpflanzung? Ich mache mir tagtäglich den Buckel krumm und weiß nicht, wie ich mit dem Geld zurechtkommen soll, und Sie sind drauf und dran, die Zukunft meines Sohnes kaputtzumachen. Das lasse ich nicht zu!»

Klara Bornstedt wartete weitere Erwiderungen nicht ab, sondern sah Koch scharf in die Augen und verließ grußlos seine Wohnung, nicht ohne die Tür kräftig zuzuschlagen. Konrad zuckte zusammen, erst einmal … und dann ein zweites Mal, als das Kaiserporträt auf Klaras forschen Abgang in bekannter Weise reagierte: Es fiel krachend zu Boden.

Soeben hat die Kutsche den neuen Lehrer Konrad Koch (Daniel Brühl) an das kaiserliche Martino-Katharineum in Braunschweig gebracht.

Links: Klara Bornstedt (Kathrin von Steinburg, oben) macht sich Sorgen um die Methoden des neuen Lehrers ihres Sohnes. Konrad Koch hingegen sucht Schutz hinter dem Kaiserporträt (Mitte) und wird von Schuldiener Profalla (Milan Peschel) aufgemuntert.

Joost Bornstedt (Adrian Moore) hat es nicht leicht: Schüler wie Lehrer halten nichts von dem Experiment, den Sohn einer einfachen Arbeiterin am Gymnasium aufzunehmen.

Während Joost sein Talent im Turnsaal beweist (oben), stellen sich einige Schüler als Verteidigungsmauer auf und schützen ihre wertvollsten Körperteile.

Konrad Koch bedient sich ungewöhnlicher Lehrmethoden (oben) und trifft seine Schüler zum heimlichen Ballspiel im Park.

Soll Konrad Koch suspendiert werden? Der Förderverein der Schule berät (oben, v.l.n.r.): Richard Hartung (Justus von Dohnányi), Pfarrer Werners (Josef Ostendorf), Turnlehrer Jessen (Jürgen Tonkel), Schuldirektor Gustav von Merfeld (Burghart Klaußner) und Geschichtslehrer Bosch (Thomas Thieme). Vor allem Bankier Hartung (Mitte) treibt die Entlassung voran.

Fabrikant Schricker (Axel Prahl) stellt eigentlich Medizinbälle her. Aber was will sein Vorarbeiter Tuchowski (Michael Hanemann) auf einmal mit so kleinen Ochsenblasen?

Otto Schricker (Till Valentin Winter) stachelt seine Mitschüler zum Aufstand an (links).

Während Konrad Koch seine Mannschaft im Spiel gegen die Engländer anfeuert (oben), genießt Felix Hartung (Theo Trebs) bereits seinen Erfolg bei Rosalie (Henriette Confurius).

22

Die Wanduhr schien lauter als sonst zu ticken. Konrad Koch starrte sie missmutig an und hielt sich den Kopf. Warum nur hatte er sich am Abend zuvor zu Profalla in den Schulhof gesetzt? Und warum nur war es nicht bei einem Krug Bier geblieben?

Nach dem Besuch von Klara Bornstedt hatte er sich kopfschüttelnd zum Schuldiener auf die Bank unter der Linde gesetzt, das demolierte Kaiserbildnis unterm Arm. Profalla, der dem Bier bereits kräftig zugesprochen hatte, redete lange auf Konrad ein, bis ihn seine Frau wütend einsammelte und ins Bett manövrierte.

Dass ihm drei Bier – oder waren es vier gewesen? – so zusetzten … Konrad versuchte, sich zu konzentrieren, drei Schulstunden hatte er noch vorzubereiten, doch durch das geöffnete Fenster drangen Geräusche, die ihn nicht zur Arbeit animierten. Unverkennbar gab sein Kollege Jessen im Turnsaal den Ton an und kommandierte die Schüler lautstark herum: «Links, zwo, drei, vier …» Konrad konnte sich nur zu gut vorstellen, wie die Untertertia in Reih und Glied die immer gleichen Turnübungen ausführte, ein monotones Einerlei, das den Schülern bis vor kurzem selbstverständlich gewesen war.

Bis zur Englischstunde blieb ihm noch ein wenig Zeit. Er trat an sein Regal und griff nach einem seiner Lieblingsbücher, nach Thomas Hughes' «Tom Brown's Schooldays». Immer wieder las er in diesem Buch, das man ihm in Oxford in die Hand gedrückt hatte. Der Leiter der Rugby School, Thomas Arnold, den Konrad Koch so bewunderte, spielte dort eine wichtige Rolle. Und wie diese Schulgeschichte davon erzählte, dass sich Schüler gegenseitig halfen und sich weiterentwickelten, das gefiel Konrad. Wie gern er hier am Braunschweiger Gymnasium solche Ideen gefördert hatte! Höhepunkt des Buches war ein Kricket-Match, eine Sportart, die man auch am Martino-Katharineum ausübte. Er schlug das Kapitel «Some Old Friends» auf und las sich, ohne dass ihn Jessens Anweisungen gestört hätten, wieder einmal fest: *«It is Tom Brown, grown into a young man nineteen years old, a præpostor and captain of the eleven, spending his last days as a Rugby boy, and let us hope as much wiser as he is bigger, since we last had the pleasure of coming across him …»*

Eine Stunde später saß Konrad hinter seinem Pult und diktierte der Untertertia einen Text. Kollege Doktor Bosch stand am Fenster und beobachtete die Klasse mit Argusaugen. Der Direktor hatte ihn beauftragt, nach dem Rechten zu sehen und Kochs

Unterricht zu beurteilen. Zuvor hatte Koch im Stehen unterrichtet, mit lebhaften Schritten durch die Bankreihen gehend. Nun langweilte er sich, und die Schüler, die sich bemüht konzentriert über ihre Hefte beugten, langweilten sich auch.

«In the cupboard you find a fork, a spoon, a knife, a plate, a cup …»

Nur Bosch war mit dem Gang der Dinge hochzufrieden und verließ das Klassenzimmer schließlich mit einem gönnerhaften «Na, es geht doch, Herr Kollege».

Die Stimmung der Untertertia verdüsterte sich indessen weiter. Gesenkten Kopfes fingen die Schüler am Ende der Stunde an, ihre Tornister zu packen. Niedergeschlagenheit, wohin man blickte; nur Felix Hartung schien bester Laune zu sein. Konrad zögerte und überlegte, ob er das Wagnis eingehen sollte.

Gerade wollte Otto Schricker als Erster nach der Türklinke greifen, da wandte sich Koch an die Klasse: «Gentlemen … Darf ich kurz um Ihre Aufmerksamkeit bitten?», er räusperte sich. «Wie Sie wissen, hat Direktor von Merfeld untersagt, dass wir im Unterricht weiterhin Fußball spielen.» Konrad machte eine Kunstpause und blickte die erwartungsvollen Schüler verschmitzt an. «Ich habe darüber nachgedacht und bin zu dem Schluss gekommen … dieses Verbot zu befolgen. Schließlich ziemt es sich nicht, eine Anweisung der Schulleitung zu missachten.»

Er ignorierte die enttäuschten Reaktionen und

fuhr betont langsam fort: «Falls Sie sich, gentlemen, jedoch dazu entschlössen, außerhalb der Schulzeiten Fußball zu spielen … irgendwo auf einem Feld oder in einem Park … und falls Sie es über sich brächten, mir Ort und Zeit Ihres Treffens zukommen zu lassen, dann könnte es rein zufällig geschehen, dass ich Ihnen bei einem Spaziergang, rein zufällig, wie gesagt, begegnen würde und ich mich vielleicht dazu hinreißen ließe, Ihnen die eine oder andere Sache zu erläutern. Im Fall der Fälle. Es liegt ganz bei Ihnen, gentlemen. See you boys.»

Konrad schlängelte sich zur Tür, lächelte ihnen zu und verließ den Raum.

Bis auf den Gang drang das anschließende Durcheinander, das er verursacht hatte. Otto Schricker machte sich zum Wortführer und vergaß darüber, dass er kurz zuvor ein entsetzliches Verlangen nach dem Schmalzbrot in seiner Tasche verspürt hatte. «Dear boys! Das Ganze funktioniert nur unter einer Bedingung: Wir müssen dichthalten, ohne Wenn und Aber, verstanden.» Alle nickten, feuerten sich in ihrem Verschwörungseifer an. «Und zwar alle», bekräftigte Karl Zumbrinck und biss vor Aufregung in seine Fingerknöchel. Wie auf Kommando drehten sich alle zu Felix Hartung, der sich bislang auffällig im Hintergrund gehalten hatte.

«Was ist mit dir, Felix?»

«Ach», erwiderte der herablassend, «euer Fußgelümmel wird sowieso nicht zustande kommen.

Und wenn, dann fliegt es auf, und ein Verweis ist euch sicher.»

«Das werden wir ja sehen.» Otto Schricker ließ sich nicht einschüchtern. «Wer mitmacht, hebt die Hand!»

In Sekundenschnelle gingen die Finger in die Höhe, einer nach dem anderen meldete sich. Zuletzt Hinrich Claasen, dann Wilhelm Reuter und Hans Schwertfeger, die in der Vergangenheit treu an Felix' Seite gestanden hatten.

«Ihr Verräter!» Felix begriff nicht, was da vor sich ging, und nahm zornbebend seinen Tornister.

Otto stellte sich ihm in den Weg und packte ihn an den Schultern. «He, Hartung, vergiss eines nicht: Wenn du uns verrätst, bist du dran, kapiert?»

Einen Moment wollte Felix aufbegehren, doch als er bemerkte, wie sich Hans und Wilhelm demonstrativ hinter Otto Schricker aufbauten, gab er auf und machte sich davon.

«Und was ist mit dir, Bornstedt?» Erst jetzt fiel es auf, dass der Kleinste nicht aufgezeigt hatte. «Willst du etwa nicht mehr mitkicken? Wahrscheinlich hast du Angst, dass ich deine Schüsse im Hechtsprung auffange und dir gegen mich kein *goal* mehr gelingt, wie?» Ottos Aufmunterung nützte nichts. Traurig schüttelte Joost den Kopf. «Tut mir leid. Ich darf nicht, meine Mutter …» Alle schauten ihn betroffen an. Ohne ihren besten Spieler würde die Sache nur halb so viel Spaß machen. Wer sollte den wendigen

Bornstedt ersetzen, wer würde wie er mit Volleyschüssen und Konterattacken glänzen?

«Jammerschade ist das», sagte Otto Schricker und kramte nach seinem Schmalzbrot.

23

Was Otto und seinen Mitschülern nicht gelang, vollbrachte Konrad Koch, als er Joost vor dem Schulgebäude begegnete. Der Lehrer ging auf ihn zu, voller Neugier zu erfahren, wie die Klasse auf seinen ungewöhnlichen Vorschlag reagiert hatte.

«Nun, Joost, wie habt ihr entschieden?»

«Die anderen gehen in den Park.»

«Wieso die anderen? Und was ist mit Ihnen?» Koch legte seine Hand auf Joosts Schulter und sah ihn freundlich an.

«Ich hör auf mit dem Fußball. Wenn der Förderverein Wind davon bekommt, schmeißen die mich hochkant raus …»

Konrad forderte Joost auf, ihn ein Stück des Weges zu begleiten, und begann, auf ihn einzureden. Er habe genau bemerkt, wie sich Joost für den Fußball begeistere, wie geschickt er mit dem Leder umgehe und welches erstaunliche Verständnis er für das Spiel besitze. Kurzum, er glaube keine Sekunde daran, dass Joost mit dem Fußball aufhören wolle. Wer einmal von dessen Erreger infiziert sei, habe keine Wahl mehr.

«Schauen Sie mich an, Bornstedt, ein Philologe, der sich statt um Odysseus und Penelope um Torpfosten und Einwürfe kümmert! Niemand, Bornstedt, muss erfahren, was Sie an Ihren freien Nachmittagen tun. Ihre Mitschüler werden Sie nicht verpetzen.»

Joost schaute ihn zweifelnd an. «Aber meine Mutter, Herr Doktor Koch. Die macht Hackfleisch aus mir, wenn ich ihr noch einmal etwas von Kopfbällen erzähle.»

«Ja, das verstehe ich, das ist ein ernstzunehmendes Argument. Ihrer Mutter traue ich viel zu.» Konrad kratzte sich am Kopf. «Doch Sie haben, Mister Bornstedt, durch Ihre Begabung fürs Fußballspiel Anerkennung in der Klasse gefunden. Selbst diejenigen, die Sie am liebsten vor den Toren unseres Gymnasiums sähen, sind vorsichtiger geworden. Sie sind jetzt Teil eines *teams*, das nicht auf gesellschaftliche Unterschiede achtet. Sogar ein nicht für den Sport geborener Schüler wie Otto Schricker hat seinen Platz zwischen den Torstangen gefunden. Ihre Mutter, glaube ich, wäre sogar stolz auf Sie, darauf, dass Sie es geschafft haben, ein Teil des Ganzen zu werden. Und seien Sie sicher: Sollte Ihre Frau Mutter wirklich daran denken, Sie zu Wurst zu verarbeiten, werde ich mit ihr sprechen und das Schlimmste verhüten. Großes Fußballerehrenwort!»

Joost wusste nicht, was er mit den Worten seines Lehrers anfangen sollte. Unschlüssig blieb er auf dem Gehsteig stehen und verlagerte sein Gewicht von einem Fuß auf den anderen. Schließlich gab er sich einen Ruck und Koch die Hand.

«Wenn Sie meinen, Herr Doktor … wenn Sie meinen, mache ich morgen auch einen Ausflug in den Park, bei dem schönen Wetter …»

24

Endlich sollte der Zufall ein Wort mitreden. Ganz Braunschweig schien diesem Nachmittag entgegenzufiebern – oder zumindest die ganze Untertertia des Martino-Katharineums. Sogar Felix Hartung tigerte unruhig in seinem Studierzimmer herum, er verspürte keine Lust, seine Griechischübersetzung anzugehen. Unkonzentriert sah er auf die kiesbestreute Auffahrt, wo gerade jener Diener die Pferde striegelte, der Rosalie vor ein paar Tagen fortgebracht hatte. Felix hielt es nicht mehr an seinem Schreibtisch, und er beschloss zu handeln.

Er wollte gerade unauffällig das Haus verlassen, um sich zu Fuß in die Stadt aufzumachen, als ihm sein Vater über den Weg lief.

«Wo willst du hin, Junge?»

«Zur Schule. Ich gehe … ich nehme an einer Arbeitsgruppe von Doktor Bosch teil.»

«An was für einer Arbeitsgruppe?»

«Für … für Militärkunde.»

Richard Hartung zeigte sich über diese Antwort befriedigt und klopfte seinem Sohn wohlwollend auf die Schultern.

Nach einer Viertelstunde hatte Felix sein wahres Ziel, eine ärmliche Mietskaserne, erreicht und sich an einer Straßenlaterne postiert. Schon nach wenigen Minuten schien sein Warten belohnt zu werden, und er jubilierte innerlich, als er Rosalie aus einem der windschiefen Hauseingänge kommen sah. Wie gut, dass er die Köchin mit fünf Mark zum Reden gebracht hatte. Nach anfänglichem Zögern hatte sie ihm Rosalies Anschrift zugesteckt – eine Gegend, die Felix bislang nur vom Hörensagen kannte. Seine Freude währte jedoch nur kurz, denn kaum war sie auf der Straße, gesellte sich Joost Bornstedt zu ihr, und beide verließen den Hinterhof, in ein lebhaftes Gespräch vertieft. Von Felix nahmen sie keine Notiz, sodass dieser sich unbemerkt an ihre Fersen heften konnte, mit wütenden Tränen in den Augen.

Was hatten die beiden miteinander zu schaffen? Woher kannten sie sich, und wo mochten sie hingehen? Erst nach einer Weile bemerkte er, wohin die beiden so zielstrebig ausschritten. Sie bogen in den Park am Stadtrand ein, ganz so, als würden sie das angenehme Wetter zu einem harmlosen Spaziergang nutzen … bis sie nach wenigen Metern vom Rundweg abbogen und sich durch das Dickicht schlugen. Joost drückte Zweige beiseite und gab Rosalie die Hand, damit sie unbeschadet den Trampelpfad nehmen konnte. Felix beobachtete die Szene argwöhnisch. Was wollte dieser kleine Bornstedt mit Rosalie, die ja schon eine richtige Frau war? Er verfolgte sie in gehörigem Abstand weiter, bis sich plötzlich das Gebüsch auftat und Joost und Rosalie auf eine Lichtung zurannten.

Felix traute seinen Augen nicht: Seine Mitschüler – die ganze Klasse war gekommen – liefen kreuz und quer über die sich idyllisch ausbreitende Wiese, und es schien, als gingen sie genau geplanten Tätigkeiten nach. Die Jungen der Untertertia hatten alle Hände voll zu tun, ein paar verstreut herumlaufende Schafe zu vertreiben, einige maßen mit großen Schritten ein Spielfeld ab, und wieder andere begrenzten es mit kleinen Steinhaufen. Und da vorne – Felix reckte sich, um alles im Blick zu haben – gab Lehrer Koch Anweisungen.

Wie verabredet, war er rein zufällig als Spaziergänger zum St. Leonardsanger unterwegs gewesen, der guten Parkluft wegen, und hatte sich von den Schülern, die vermutlich aus dem gleichen Antrieb hergekommen waren, zu einem Spielchen einladen lassen. Koch und Emanuel Witthuhn kämpften mit zwei dünnen, abgebrochenen Baumstämmen, die sie sorgfältig von den Ästen befreiten. Ohne ordentliche Torpfosten ließ sich kein Fußballwettkampf austragen.

Während Felix Hartung dem Geschehen aus der Distanz zusah, näherte sich Joost seinen Mitschülern unbefangen. Jede seiner Bewegungen versprühte Tatendrang. Wie gut, dass er dem Rat seines Lehrers gefolgt war.

«Hallo! Ich habe eine Aufpasserin mitgebracht», erklärte er und war froh, Rosalie vor dem Nachbarhaus getroffen zu haben, als sie mit ihren Habseligkeiten dort Unterschlupf fand. «Sie wird Schmiere stehen.» Joost deutete auf die junge Frau, die am Wiesenrand wartete und mit einem Kieselstein jonglierte. Die Jungen starrten sie verwundert an und verstummten, bis auf Otto Schricker, der den Vorteil am schnellsten erfasste: «Sehr gut. Und zur Not spielt sie mit. Wenn einer von uns ausfällt und sie sich nicht vor einem Ball fürchtet, kann sie auflaufen, dann muss keiner aussetzen, und beide Mannschaften sind mit gleich viel Spielern besetzt.»

Die anderen stimmten ihm zu, und Rosalie machte sich erst einmal daran, auf eine Eiche zu klettern und im Geäst eine bequeme Position zu finden, um ihren Wachposten zu beziehen.

Wenn sich jetzt auch Mädchen für diesen Fußball interessierten …, dachte Felix verärgert, wohin sollte das noch führen?

Hinrich Claasen half seinem Lehrer dabei, ein Seil zwischen die mittlerweile in die Erde gerammten Baumstämme zu spannen, während Karl Zumbrinck mit lauten «Platz da!»-Rufen versuchte, ein widerborstiges Schaf aus dem Mittelkreis zu vertreiben.

Nach einer guten halben Stunde waren alle Vorbereitungen getroffen, und Konrad Koch versammelte seine Zöglinge, die ihn mit hochgekrempelten Hosen und Hemdsärmeln erwartungsvoll ansahen, vor dem kunstvoll gefertigten Tor.

«Gentlemen, es freut mich außerordentlich, dass wir uns so überraschend wiedersehen, in diesem schönen Wiesengrunde.» Einige Schüler lachten auf und freuten sich über das Geschick ihres Lehrers. «Ich bewundere Ihren Mut und bin ein bisschen stolz darauf, dass der Virus der englischen Barbarei Sie infiziert hat.»

Konrad Koch bückte sich und fischte den begehrten Lederball aus einem Picknickkorb, der ihn als unauffälligen Spaziergänger ausweisen sollte.

«All right, boys, ehe wir beginnen, darf ich Sie noch an einen Grundgedanken unseres Sports erinnern: Was immer passiert, spielen Sie fair!» Konrad blickte sie ernst an, ehe er in einen Schrei ausbrach: «Hip, hip, hurrah, boys!» Alle stimmten begeistert ein, und binnen weniger Minuten entzündete sich auf der sonst nur von Schafen, Maulwürfen und Schmetterlingen besuchten Wiese ein Spiel, dessen Sinn sich einem zufällig in diesen Winkel des Parks verirrten Passanten nicht sofort erschlossen hätte.

Obwohl sich Konrad Koch bemühte, Ordnung in das Geschehen zu bringen und die Akteure an seine wertvollen Tafelaufzeichnungen zu erinnern, bildeten sich allenthalben Spielertrauben. Rufe wie «Pass it!» oder «To the right!» schallten über das Feld. Es wurde gerempelt, gegrätscht und gestoßen, und manche Schüler nahmen die Hand zu Hilfe, was Konrad nicht unterband, da er abwarten wollte, ob die Spieler eher dem Rugby oder dem Association-Fußball zuneigten. Im Lauf der Zeit würde sich das klären, und wahrscheinlich wäre es irgendwann erforderlich, ein Regelheft zusammenzustellen, das die Grundbegriffe des Spiels erläutern und das Verbotene vom Erlaubten trennen würde. Für den Anfang genügte es Konrad völlig, die Freude in den Augen seiner Spieler zu sehen. Einige unter ihnen wie Joost Bornstedt oder Lothar Ulsaß begriffen rasch und lieferten Pässe und Kombinationen, die sich sehen lassen konnten. Auch Otto Schricker gab sein Bestes und warf sich mutig vor die Füße der gegnerischen Angreifer. Seine Körperfülle ließ manchen zurückschrecken, und als es ihm gelang, Emanuel Witthuhns scharfen Schuss mit dem Bauch abzuwehren, strahlte er übers ganze Gesicht.

Plötzlich ertönte ein schriller Pfiff. Rosalie nahm ihre Pflichten ernst und winkte hektisch, als sich eine verdächtige Person der Wiese näherte. Im Handumdrehen wurde aus den kickenden Jungen eine disziplinierte Schar turnender Schüler, die – von Koch streng angewiesen – sittsame Kniebeugen machte und bewährte Turnerideale aufleben ließ. Umso überraschter reagierten sie, als sie Felix Hartung aus dem Gebüsch hervortreten sahen.

«Sieh an, der feine Herr Hartung erweist uns die Ehre!» Spöttisch fixierte Otto Schricker den Neuankömmling einen Moment lang, ehe er seine Mannschaft ermunterte, das Spiel fortzusetzen.

Erst in diesem Augenblick bemerkte Felix, wer mit

Pfiffen vor seinem Kommen gewarnt hatte. «Rosalie, was … was machst du denn hier? Musst du nicht arbeiten?»

Schnippisch blickte Rosalie von ihrem Versteck im Baum auf ihn herab und entgegnete: «Ich pass auf, dass nicht irgendein Verräter den Jungs den Spaß verdirbt. Irgendwas muss ich ja tun. Mich nimmt ja kein Haus mehr, seitdem dein Vater den letzten Dreck über mich erzählt.» Mit einem Satz sprang sie von ihrem Hochsitz herunter und warf Felix dabei um. «Und was machst du hier? Du brütest doch sonst immer über deinen Hausaufgaben und tust deinem Vater schön.»

Nur langsam fand Felix die Fassung wieder. Er rappelte sich hoch und klopfte seine Hose ab. Weitschweifig erklärte er Rosalie, dass es seine Klasse sei, die da spiele, und er schließlich deren Riegenführer sei. Doch sein Gegenüber hörte ihm nur mit halbem Ohr zu und schaute interessiert zur Wiese hin, wo Joost Bornstedt schon wieder zu einem Dribbling ansetzte. «Ach, ist das großartig. Wenn es das auch für Mädchen gäbe …»

Felix beeilte sich, ihr zuzustimmen, und tat so, als habe er mit einem Mal seine Liebe zum Fußball entdeckt.

«So, so», erwiderte Rosalie und schaute ihn abschätzig an. «Und warum spielt der gnädige Herr nicht mit, wenn er den Fußball so toll findet?»

«Weil … ja, weil ich, Rosalie, das Ganze organisieren musste und mit der Arbeit kaum hinterherkomme. Als Riegenführer trägt man Verantwortung.»

Rasch bemerkte Felix, dass seine Worte Rosalie nicht überzeugten. Sie sah ihn skeptisch an und schien auf einen Beweis seines Engagements zu warten. Felix zögerte nur kurz, dann krempelte er seine Hosenbeine hoch und zog sein Jackett aus. Als habe er den ganzen Tag auf diesen Moment gewartet, marschierte er erhobenen Hauptes aufs Spielfeld und blieb im Mittelkreis stehen. Zunächst nahm jedoch keiner Notiz von ihm, sodass er Aufmerksamkeit erregen wollte, indem er sich einem der Spieler in den Weg stellte.

«He, was soll das, Hartung?», schrie Otto Schricker, der sein Tor verlassen hatte und sich Felix bedrohlich näherte. «Du bist einer zu viel. Merkst du das nicht?»

Noch ehe Felix zu einer Widerrede ansetzen konnte, schritt Konrad Koch ein: «Nein, Schricker, kein Problem, das geht gut. Wir spielen acht gegen acht!»

«Wieso das, Herr Doktor? Wir sind doch dann sieben gegen acht.»

«Jetzt nicht mehr», rief Koch und legte seine Weste ab. «Ich bin ab jetzt mit von der Partie.»

Die Schüler johlten vor Begeisterung, und das Spiel nahm noch einmal Fahrt auf. Keine der Parteien konnte sich einen Vorteil erkämpfen, und selbst Felix Hartung mühte sich redlich, seinen Beitrag zu leisten, obwohl er anfangs wie ein Storch im Salat über das Feld tapste und jedes Mal über den Ball stolperte, wenn dieser zwischen seine Beine geriet.

Rosalie würdigte die Bemühungen ihres Verehrers zuerst mit einem höhnischen Lachen, doch je länger sie zusah, bemerkte sie, wie er alles daransetzte, ihr zu imponieren. Vielleicht, dachte sie, springt dieser feine Pinkel doch noch über seinen Schatten. Gefallen tut er mir ja …

Das Spiel begeisterte alle. Erhitzte Gesichter, plattgetretenes Gras, aufgeschundene Knie, schmutzige Hosenbeine … und mittendrin ein überglücklicher Konrad Koch, der in Windeseile aus seiner Lehrerrolle schlüpfte und nur noch einer von vielen war, einer, der zu diesen fünfzehn Jungen gehörte und der beim Flanken und Köpfen all den Ärger der letzten Tage vergaß.

Erst als die Dämmerung hereinbrach, fand das Treiben ein Ende. Die erschöpften Schüler bauten das Tor ab und sammelten ihre Sachen ein; Konrad verstaute seinen Fußball im rot-weiß gepunkteten Picknickkorb und freute sich auf ein abendliches Bier, das er diesmal freilich nicht im Beisein des trinkfreudigen Profalla zu sich nehmen wollte. Auch die Jungen traten, sich lautstark verabschiedend, den Heimweg an – nein, nicht alle, denn Felix und Rosalie blieben am Rande des Unterholzes stehen und zögerten den Aufbruch hinaus.

Der sonst so selbstsichere Felix setzte zu einer Erklärung an, doch Rosalie unterband seine ungelenken Bemühungen. «Psst!», flüsterte sie und legte einen Finger auf seine Lippen. Dann griff sie nach seiner Hand und legte sie auf ihre Brust – eine Bewegung, die Felix endlich aus seiner Schockstarre befreite. Stürmisch umarmte er Rosalie, und während die Schafe, Maulwürfe und Schmetterlinge nach und nach wieder Besitz von ihrer Wiese ergriffen, küssten sich die beiden wie zwei, die sich vorher noch nie geküsst hatten. Ein Glück, dass Felix' Vater nicht in der Nähe war und stattdessen wichtige Bankgeschäfte zu erledigen hatte.

25

Ein öffentliches Fußballspiel, wenn auch auf einem versteckten Braunschweiger Anger … ein solches Ereignis blieb nicht ohne Folgen.

In Klara Bornstedts Wohnung allerdings fiel kein Wort darüber. So unauffällig wie möglich war Joost nach Hause geschlichen und hatte seine schmutzigen Klamotten unter der Matratze verschwinden lassen. Mit Unschuldsmiene setzte er sich an den Küchentisch, packte seinen Tornister aus und beugte sich über ein Lateinbuch, ohne dass er sich auf Ciceros Reden hätte konzentrieren können. In seinem Kopf schwirrten Drehschüsse und Querpässe, und in Gedanken ging er die schönsten Spielzüge des Nachmittagsmatchs durch und überlegte, was er in welcher Situation hätte besser machen können. Immerhin gelang es ihm mit seinen Grübeleien, seine von der Fabrik heimkehrende Mutter zu täuschen. Mit ihren pädagogischen Maßnahmen zufrieden, strich Klara Bornstedt ihrem Jungen über den Kopf und lobte seinen Fleiß. Joost lächelte sie an und nutzte die Gelegenheit, als seine Mutter Holz in den Küchenofen schichtete, sein Lateinbuch umzudrehen – besser, wenn Ciceros Worte nicht auf dem Kopf standen.

Zwei Kilometer weiter saß Konrad Koch an seinem Schreibtisch, nicht minder zufrieden mit sich und der Welt. Gewiss, sein Oberschenkel schmerzte, kein Wunder, wenn man mit dem gutgenährten Otto Schricker zusammenprallte und seinen Stiefel abbekam. Doch ein bisschen Ruppigkeit gehörte zum Fußball, auch wenn dessen Gegner behaupteten, man verletze sich bei diesem Spiel besonders schnell. Konrad war auf diese Kritik vorbereitet, falls ihn beispielsweise irgendwann Richard Hartung damit behelligen sollte, denn seine Freunde in England hatten ihn mit Berichten über Verletzungen beim Kricket und Lawn-Tennis versorgt.

Diesen Freunden wollte er heute Abend von seinem denkwürdigen Tag berichten. Er zückte seine Stahlfeder und begann, im Kerzenlicht einen Brief zu schreiben:

Lieber Ian, liebe Freunde, liebe Kollegen!

Noch einmal möchte ich mich für euer Abschiedsgeschenk bedanken. Eine größere Freude hättet ihr mir nicht machen können. Es freut mich deshalb umso mehr, euch heute mitteilen zu können, dass euer Ball in vollem Einsatz ist. Ganz Braunschweig oder zumindest halb Braunschweig befindet sich im Fußballfieber. Nach einigen Schwierigkeiten gelang es mir, meine

Schüler für diesen großartigen Sport zu begeistern, und sie machen erstaunliche Fortschritte. Der Fußball ist – wie ihr es mir beibrachtet – ideal geeignet dafür, eine Gruppe zu einen und ‹team spirit› zu wecken. Wenn sich die Dinge hier so weiterentwickeln und ich die nicht wenigen Widersacher von unserer guten Sache zu überzeugen weiß, dann sollten wir einen kühnen Gedanken ins Auge fassen und einen internationalen Wettstreit planen. Was, lieber Ian, hältst du davon, wenn ihr auf eurer Studienreise nach Italien zwei Tage Aufenthalt im schönen Braunschweig einschiebt und zu einem Match gegen das aufstrebende Untertertia-Team des Martino-Katharineums antretet? Allerdings müsst ihr euch vorsehen und in allerbester körperlicher Verfassung sein. Denn unsere Mannschaft verfügt über grandiose Spielertypen. Unser Außenstürmer Bornstedt zum Beispiel wäre in jeder englischen Schulmannschaft erste Wahl.

In dieser frohen Erwartung, lieber Ian, will ich schließen und hoffe auf ein baldiges Wiedersehen.

All best wishes!
Euer Konrad Koch

26

Während der anglophile Konrad Koch über den ideellen und pädagogischen Gewinn des Fußballs nachsann, dachte man andernorts an wesentlich reelleren Profit.

Otto Schricker hatte sich gleich am nächsten Tag mit besonderer Begeisterung in die väterliche Firma aufgemacht. Den ganzen Vormittag über hatte ihn eine Idee nicht zur Ruhe kommen lassen, und keine der blutrünstigen Schlachtenerzählungen, mit denen Doktor Bosch seinen Unterricht würzte, vermochte es, ihn von seinen Gedankenspielen abzubringen.

Mit einem vehementen «Tuchowski, Sie müssen mir helfen!» stürmte er am Nachmittag in die Fabrikhalle, als ginge es darum, einen Angriff erfolgreich abzuwehren. Mit zwei Reißzwecken befestigte Otto eine Zeichnung an einer schwarzen Wandtafel, auf der sein Vater normalerweise die Arbeiter über neueste Entwicklungen auf dem Turngerätemarkt informierte. Ohne Zweifel: Auf Ottos Blatt war eine Ochsenblase zu erkennen, eine, aus denen man in England Fußbälle fertigte. Lehrer Koch hatte ihm detailliert erzählt, wie man auf der Insel derbe Ochsenblasen verarbeitete und sie mit einem Lederbezug versah.

Während Tuchowski ungläubig auf die Tafel stierte, nahte Ottos Vater vom anderen Ende der Halle und wusste nicht, worüber er sich zuerst aufregen sollte: über Ottos merkwürdigen Aushang oder über den Zustand von Ottos Arbeitsplatz, auf dem ein viel zu kleiner Medizinball lag, dessen Nähte zugezogen werden mussten.

«Was ist das?», schalt er seinen Vorarbeiter. «Haben hier plötzlich alle eine Sehschwäche? Tuchowski, seit wann stellen wir derartig kleine Kugeln her?»

Der Angesprochene wand sich und vergrub die Hände in seinem Arbeitsmantel. «Nun, Herr Schricker, Ihr Sohn, der wollte unbedingt, dass wir ein solches Ding herstellen. Ich war natürlich dagegen, doch er hat darauf bestanden …»

«Ach, bestimmt mein Herr Sohn neuerdings, welche Produkte wir im Sortiment haben?», polterte Schricker senior los und bedachte seinen Filius mit einem strengen Blick. «Und was um Himmels willen ist das?» Sein zitternder Zeigefinger deutete auf einen Haufen aufgepusteter Ochsenblasen, die Otto neben seinem Platz aufgeschichtet hatte.

«Das sind …», sagte Tuchowski stockend, «das sind Ochsenblasen, die wir … die, ich meine, Ihr Sohn für seine Bälle braucht, und er pumpt sie auf, um ihre Flugeigenschaften zu testen.»

«Um was zu tun? Flugeigenschaften? Seit wann

haben Medizinbälle Flugeigenschaften? Die bewegen sich wie gutmütige Kühe und denken nicht daran, mal so oder mal so zu fliegen.» Karl-Friedrich Schricker begann an der sinnvollen Einrichtung der Welt zu zweifeln – ein Zustand, der sich verschlimmerte, als Tuchowski zu einer weiteren Erklärung ansetzte: «Verzeihen Sie, Herr Schricker, aber das ist kein Medizinball. Das ist ein Fußball. Es geht offenbar darum, ihn mit dem Fuß oder sogar mit dem Kopf in ein Gohl zu treten.»

Schricker senior schäumte. «Sind hier alle dem Wahnsinn verfallen? Ein Fußball? Und wohin soll der gehen? In ein Gohl? Wollt ihr meine Firma ruinieren?»

Otto hatte sich die ganze Zeit über im Hintergrund gehalten. Sein Vater, der sich nun umdrehte und schnurstracks schimpfend aus der Halle eilte, würde schon auf den Geschmack kommen, vor allem, wenn er merkte, welche Absätze sich mit diesem neuen Ball erzielen ließen. Schließlich durfte man der Braunschweiger Konkurrenz Dolffs & Helle nicht kampflos das Feld überlassen. Er schloss die Augen und sah eine Zeitungsüberschrift vor sich: «Schricker & Sohn präsentieren die erste Serienproduktion von Fußbällen, rund und oval …» Darunter ein Foto von ihm und einem braunen Lederfußball.

Mit stolzgeschwellter Brust richtete er sich an Tuchowski. «Vielleicht brauchen wir eines Tages diese ekligen Ochsenblasen nicht mehr. Sind ja kein appetitlicher Anblick. Vielleicht gibt es da andere Möglichkeiten …» Mit Feuereifer setzte sich Otto wieder an seine Werkbank, um die letzten Nähte an seinem ersten Fußball festzuziehen.

Schricker & Sohn, dachte er, wahrscheinlich würde die Firma bald auch Fußbälle nach England exportieren, wer weiß …

27

Von der aufkommenden Euphorie, die sich unter den Schülern der Untertertia ausbreitete, war am nächsten Morgen im Turnsaal nichts mehr zu spüren.

Turnlehrer Jessen gab sich keine Mühe, seine Empörung zu verbergen. Welch schreckliches Bild seine Untertertia mal wieder bot, unfasslich! Wie ein General schritt er die müde Truppe ab, die sich kaum auf den Beinen halten konnte. Emanuel Witthuhn hatte eine geschwollene Nase, Hans Schwertfeger und Wilhelm Reuter schienen plötzlich zu hinken, Otto Schrickers linkes Auge wies eine dunkelblaue Färbung auf, Lothar Ulsaß hielt sich den Hintern, und Karl Zumbrinck trug den rechten Arm in einer Schlinge.

«Ist das hier ein Lazarett? Haben Sie gegen die Franzmänner gekämpft? Oder welcher anstrengenden und gefährlichen Freizeitbeschäftigung gehen Sie nach? Ich höre!»

Niemand antwortete ihm. Emanuel beugte sich nach vorne und flüsterte Hans ins Ohr: «Wir sind von einer tollwütigen Schafsherde angegriffen worden.»

Die Klasse kicherte los, was Jessens Zorn noch mehr steigerte.

«Zumbrinck, Sie sagen mir sofort, was hier gespielt wird!»

Doch auch Karl Zumbrinck richtete den Blick zu Boden und schwieg.

«Ganz, wie Sie wünschen, meine Herren», polterte Jessen. «Dann gehen wir die Sache anders an. An die Ringe, Zumbrinck!»

Vergeblich deutete der verletzte Karl auf seinen verstauchten Arm. Doch Jessen kannte kein Erbarmen und zwang ihn an die Ringe. «Sie turnen jetzt – oder Sie reden!»

Otto Schricker machte einen Schritt nach vorne: «Sie müssen entschuldigen, Herr Doktor, wir hatten Streit, und da habe ich Zumbrinck verprügelt. Ich bin ja sehr stark.»

«So, so», entgegnete Jessen und schnaubte verächtlich. «Und weil Sie gerade dabei waren, haben Sie die anderen auch gleich verprügelt, ja? Ich wusste gar nicht, dass Sie neuerdings so gut bei Puste sind, Schricker. Normalerweise klappen Sie schon zusammen, wenn Sie einen Bock von der Ferne sehen.»

Otto Schricker trat beleidigt zurück und wäre im nächsten Augenblick fast von Karl Zumbrinck mit zu Boden gerissen worden, der sich nicht an den Ringen hatte halten können und mit einem markdurchdringenden Schrei auf den Boden schlug.

Doktor Jessen ließ den Verletzten liegen und donnerte los: «Zurücktreten! Stellen Sie sich nicht so an. Wer zeigt Zumbrinck, wie man es richtig macht?»

Emanuel Witthuhn meldete sich: «Ich glaube, Herr Doktor Jessen, dass wir ohne Anschauung nicht in der Lage sind, diese Übung zu turnen. Könnten Sie uns noch einmal zeigen, wie es geht? Sie sind doch ein Meister an den Ringen.»

Jessen fühlte sich geschmeichelt. Endlich, dachte er, erkennt diese missratene Bande, nach welchen Vorbildern sie sich richten muss. Er reckte seinen Brustkorb in die Höhe und griff entschlossen nach den Ringen.

Die Übung gelang ihm vorzüglich, schließlich hatte er in jüngeren Jahren siegreich an Wettkämpfen teilgenommen. Er schwang sich elegant durch die Luft … bis er plötzlich mit einem Ruck nach oben gezogen wurde und das Gleichgewicht verlor. «Was soll das?», schrie er und sah, wie sich unter ihm die Untertertia auf die Schenkel schlug und an den Seilen der Ringe zog. Stück für Stück wanderte Doktor Jessen weiter nach oben. Seine Hilferufe fruchteten nichts; er baumelte in der Höhe und zappelte wie ein Okerfisch, während seine Schüler gutgelaunt den Turnsaal verließen.

Kaum dass die Untertertia ihren Turnlehrer der Lächerlichkeit preisgegeben hatte, fügte sie dem Lehrkörper des Martino-Katharineums einen weiteren

Schlag zu. Sosehr sich die Schüler am Unglück des hilflosen Turndiktators Jessen geweidet hatten, so wenig Freude hatten sie an Doktor Boschs Geschichtsunterricht. Um wie viel lieber hätten sie Englischvokabeln gelernt.

Bosch bemerkte die Unkonzentriertheit und die Unruhe im Klassenzimmer, was ihn besonders ärgerte, da er für die heutige Stunde Prominenz eingeladen hatte: den hochverdienten Offizier Eugen zu Hohenlohe, einen hageren Mann, dessen blitzsaubere Uniform vor Verdienstkreuzen nur so glänzte. Stolz stellte Bosch seinen Gast vor und wies auf dessen militärische Meriten hin.

«Wir fühlen uns geehrt, dass Offizier a.D. Eugen zu Hohenlohe nach seinem Ausscheiden aus dem aktiven Dienst die überaus wichtige Aufgabe unternimmt, jungen Menschen die große Bedeutung der militärischen Laufbahn nahezubringen. Ich gebe nun unserem Gast das Wort, auf dass er Ihnen seine reichhaltigen Kriegserfahrungen in anschaulichen Farben schildert.»

Eugen zu Hohenlohe, dessen linke Gesichtshälfte eingedrückt war, erhob sich mühsam und hub an, die Klasse mit einer Stimme, die man nur schnarrend nennen konnte, zu begrüßen. «Meine Herren. Am Ende dieser Stunde werden Sie eines begriffen haben: Ohne den Krieg ist alles nichts. Er ist das Maß aller Dinge, und auf ihn müssen Sie sich vorbereiten, zum Wohl unseres glorreichen Vaterlands.»

Er tat zwei Schritte vor das Pult, und erst jetzt bemerkten die Schüler sein schwarzes Holzbein, mit dem er sich humpelnd fortbewegte. Ein Raunen ging durch die Reihen, und Emanuel Witthuhn, den die Erfolge auf dem Fußballfeld offenbar übermütig gemacht hatten, prustete los und schaffte es nicht mehr, seine Stimme zu dämpfen: «Ich finde, die hätten besser einen mit zwei Beinen schicken sollen.»

Aus dem Raunen wurde schnell ein unterdrücktes Lachen; keiner im Raum schaffte es, Ruhe zu bewahren, und als Karl Zumbrinck hinzufügte «Vielleicht hat er mit dem Holzfuß einen harten Schuss. Dann setzen wir ihn gegen die Engländer ein», gab es kein Halten mehr.

Das Gesicht des Offiziers fiel in sich zusammen, und Doktor Bosch schien nicht zu begreifen, was er da hörte. Ehe er die aufmüpfigen Schüler zur Räson rufen konnte, klopfte es. Wütend riss Bosch die Türe auf und sah in das Gesicht seines nicht minder wütenden Kollegen Jessen, der sich aus seiner misslichen Lage befreit haben musste. In abgehackten Sätzen schilderte er, welcher Skandal sich im Turnsaal ereignet hatte, und bat Bosch, ihn zum Direktor zu begleiten.

Doktor Bosch beließ es dabei, vor der Klasse auszuspucken, und zog mit Jessen und dem aufgelösten Offizier im Schlepptau davon. Die Schüler blieben regungslos in ihren Bänken sitzen, erschrocken darüber, wozu sie ihr Übermut verleitet hatte. Was würde das für Konsequenzen haben?

Auf dem Gang war noch lange das Pochen des Holzbeins zu hören.

28

Die Wellen der Empörung schlugen im Lehrerkollegium hoch, und die Bestrafung ließ nicht lange auf sich warten. Die gedemütigten Doctores Bosch und Jessen schritten selbst zur Tat und kommandierten die Untertertia in den Turnsaal, wo deren Verhalten auf drastische Weise sanktioniert wurde. Alle Schüler hatten sich auf kräftige Holzscheite niederzuknien und mit beiden Händen einen Medizinball auf dem Kopf festzuhalten – eine Balanceübung, die nach wenigen Minuten zur Tortur wurde. Otto Schricker stöhnte als Erster auf und geriet ins Schwanken, was Jessen mit einem Stoß in seinen Rücken quittierte.

«Stillhalten, meine Herren!», brüllte er durch den Saal und erfreute sich daran, seine Peiniger zu quälen. Ihn an den Ringseilen hochzuziehen … eine solche Frechheit war ihm während seiner ganzen Laufbahn nicht untergekommen! Das war ein tätlicher Angriff, wenn man es genau nahm, eine Körperverletzung, die sich für ihn direkt aus den rohen, vom Kollegen Koch geförderten Aktivitäten ableitete. «Stillhalten, ich möchte in den nächsten zwei Stunden keinen

Muckser hören und keine Bewegung sehen, verstanden. Oder wir dehnen das bis in den Nachmittag aus. Ich habe mir eigens für Sie freigenommen, meine Herren.»

Während die Bestrafung der Schüler sofort umgesetzt wurde, braute sich das Unwetter für ihren fußballbegeisterten Lehrer langsamer zusammen.

Direktor von Merfeld, den die Vorkommnisse tief erschütterten, hatte Konrad Koch umgehend in seiner Wohnung aufgesucht und ihm empfohlen, sich erst einmal krankzumelden.

Dort saß Koch geknickt auf seinem Bett, vernahm die Worte des Direktors und starrte auf das von Profalla ordnungsgemäß restaurierte Kaiserporträt an der Wand. Von Merfeld gab sich alle Mühe, Koch aufzurichten, obwohl er wusste, dass dieser sich fortan auf dünnem Eis bewegen würde.

«Kollege Koch, Sie haben gehört, was sich im Unterricht der Kollegen Jessen und Bosch zugetragen hat. Das sind disziplinarische Verfehlungen, die unsere Schule nicht tolerieren kann, zumal wir davon ausgehen müssen, dass Offizier zu Hohenlohe die Vorkommnisse an höhere Stellen weitermelden will. Ich male mir gar nicht aus, was da auf uns zukommen wird.»

Konrad sank noch tiefer in sein Federbett und ließ den Kopf hängen.

Von Merfeld legte ihm die Hand auf die Schulter

und fuhr seufzend fort: «Für all das, lieber Koch, machen die Kollegen Sie verantwortlich. Seitdem die Schüler vom Bazillus dieses englischen Fußballgespieles befallen seien, schlügen sie über die Stränge. Was, Koch, soll ich den Kollegen nach den gestrigen Ereignissen erwidern? Ich schätze – das wissen Sie – Ihren fortschrittlichen Geist, Ihre Leidenschaft für die Sache und Ihren Pioniergeist, doch …»

«Ja, ja, Herr Direktor», stöhnte Koch, «ein Pionier, dem die Flügel gestutzt wurden, ist ein nutzloser Pionier, ich weiß. Vielleicht habe ich von den Schülern zu viel Selbständigkeit erwartet. Ich werde mit der Klasse ein ernstes Wort reden und die Zügel straffer ziehen. Sie soll merken, dass sich auch meine Erziehungsmethoden ändern, wenn es die Umstände gebieten.»

Die Miene des Direktors hellte sich auf. «Ich wusste, Koch, dass Sie mich verstehen. Das klingt vernünftig. Den Schülern mit Autorität zu begegnen hat noch nie geschadet. Junge Pflanzen brauchen einen Stab, an dem sie sich aufrichten.»

Von Merfeld verabschiedete sich rasch, als schien er Kochs Zugeständnis nicht recht zu trauen, und machte sich auf den Weg ins Schulgebäude. Es war ein weiterer Gang nach Canossa. Denn in seinem Büro erwartete ihn bereits eine neue Herausforderung – in Gestalt des immer noch schäumenden Doktor Bosch und des kaum weniger aufgebrachten Richard Hartung. Noch ehe sich von Merfeld auf seinem Stuhl niedergelassen hatte, eröffnete Hartung das Sperrfeuer und empörte sich über die bedenklichen Erziehungsmethoden Konrad Kochs.

«Richard, so beruhige dich», fiel ihm von Merfeld zaghaft ins Wort. «Ich habe ihn mir vor die Brust genommen, und er hat mir versprochen, künftig andere Saiten aufzuziehen.»

«Ach, Gustav, mach dir und uns nichts vor. Koch ist von diesen Teetrinkern verdorben, er hat sich von unseren Idealen entfernt. Wie lange sollen wir uns das noch ansehen?»

«Genau, genau», bekräftigte Bosch. «Das ist ein Umsturz, eine Revolution. Er und seine verdorbenen Schüler ziehen den Soldatenstand in den Schmutz. Damit muss Schluss sein, endgültig Schluss!»

Bei seinen letzten Worten hatte sich der Geschichtslehrer über den Schreibtisch des Direktors gebeugt, sodass von Merfeld zurückwich, um sich vor Boschs feuchter Aussprache zu schützen. Er verzog das Gesicht und versuchte zu beschwichtigen: «Denken Sie nicht, Kollege Bosch, dass dieser Vorfall auch ohne Kochs Einwirkung hätte passieren können? Schüler laufen manchmal aus dem Ruder, das wissen wir doch alle.»

Der Appell half nichts. Bosch dachte nicht daran, sich zu beruhigen, beschwor noch einmal die Gefahr einer Revolution und betonte, wie sehr der englische Einfluss die Köpfe der Schüler verdrehe. «Außerdem», setzte er triumphierend fort, «wurden mir Berichte zugespielt, dass sie diesem Ballgetrete keineswegs abgeschworen haben. Sie spielen es heimlich, und Kollege Koch – wenn ich ihn überhaupt Kollege nennen soll – weiß davon!»

Von Merfeld sah seine Felle davonschwimmen. «Nun, werter Doktor Bosch, das mag so sein, aber die Kaiserliche Schulordnung gibt uns leider keine Handhabe in dieser Angelegenheit. Wir haben keine Möglichkeit, gegen Verfehlungen einzuschreiten, die außerhalb der schulischen …»

Weiter kam er nicht. Richard Hartung hatte die Nase voll und erhob sich demonstrativ aus seinem Sessel, während Bosch verächtlich Luft durch die Nase blies.

«Ich habe genug davon», erklärte Hartung aufbrausend und baute sich vor dem Direktor auf. «Wenn du nicht in der Lage bist, für Ordnung zu sorgen und Schüler, die nicht bei Sinnen sind, zu disziplinieren, dann nehme ich die Sache selbst in die Hand. Dieser Koch – da hat Doktor Bosch völlig recht – zersetzt unsere Jugend mit seinem primitiven Ballspiel.» Ohne von Merfeld eines weiteren Blickes zu würdigen, strebte er zur Tür. Bevor er nach der Klinke griff, drehte er sich noch einmal um: «Und glaube nicht, Gustav, dass der Förderverein weiterhin so großzügig deine pädagogischen Experimente unterstützen wird. Man sieht ja, was dabei herauskommt.»

Forschen Schrittes verließ Hartung das Büro, den sichtlich zufriedenen Doktor Bosch im Schlepptau.

29

Richard Hartungs Entschlossenheit erlitt jedoch rasch einen Dämpfer.

Auf dem Weg zum Treppenhaus beschwor er Doktor Bosch, die Augen offen zu halten, zumal es – wie der Geschichtslehrer angemerkt hatte – an Beweisen fehle, um Koch den Garaus zu machen.

«Sie müssen, lieber Bosch», fügte er hinzu, «das Verhalten Ihres merkwürdigen Kollegen unauffällig kontrollieren, er wird Fehler machen, da bin ich mir sicher.» Am ersten Treppenabsatz blieb er stehen und betrachtete den sichtlich erregten Bosch wohlwollend. «Und im Übrigen könnte ich mir gut vorstellen, dass Sie mit Ihrer Geradlinigkeit und Ihrem Wertebewusstsein einen vorzüglichen Schuldirektor abgäben. Mein Sohn Felix spricht immer voll Begeisterung über Ihre nachmittäglichen Arbeitsgruppen. Es ist bewundernswert, dass Sie die Schüler auch außerhalb des regulären Unterrichts derart fördern.»

«Vielen Dank, Herr Hartung, ich fühle mich geschmeichelt. Aber, ehrlich gesagt … ich meine … welche Arbeitsgruppe meinen Sie?»

Der Rest des Gesprächs verlief recht einsilbig. Eine

vorsichtige Nachfrage veranlasste Bankier Hartung dazu, die Unterredung nicht zu vertiefen. Er begriff, was gespielt wurde und welche dreisten Lügen ihm sein Sohn aufgetischt hatte. Das würde ein Nachspiel haben, eines, das Felix nicht so schnell vergessen würde!

Er verabschiedete sich eilig von Doktor Bosch, der verunsichert war, was er von diesem Gespräch zu halten hatte, und trieb den Kutscher an, ihn schnellstmöglich nach Hause zu fahren. Felix traf er im Wintergarten an.

Richard Hartung war es – in der Bank wie in der Familie – gewohnt, keine Zeit zu verlieren. Mit kaum unterdrücktem Zorn verpasste er seinem Sohn zur Begrüßung eine schallende Ohrfeige und herrschte ihn an: «Wo warst du, du Lügner? Militärkunde! Dass ich nicht lache! Wo hast du dich herumgetrieben? Bei diesem Flittchen vielleicht?»

Felix' Wange schwoll in Sekundenschnelle an. «Rosalie ist …» Doch er schwieg verängstigt und erwartete die nächste Züchtigung.

«Willst du dein Leben ruinieren?», empörte sich sein Vater. «Wegen eines Mädchens, das es nur auf dein Geld abgesehen hat, oder glaubst du etwa, dass sie dich liebt? Ich will dein Bestes und werde nicht zulassen, dass du ins Unglück rennst. Wo ist sie? Ich werde sie nach Ostpreußen schaffen oder nach China … Hauptsache, weit weg, damit sie dir keine Flausen in den Kopf setzen kann. Wo ist sie? Wo?»

Felix starrte zu Boden. Der zweite Schlag seines Vaters traf ihn an der Nase, die sofort zu bluten begann. Tränen liefen Felix übers Gesicht. Hilflos versuchte er, sich mit den Händen zu schützen und seinen Vater zu beruhigen: «Ich habe sie nicht mehr gesehen, seitdem sie das Haus verlassen hat.»

«Und wo warst du dann?» Richard Hartung holte wieder aus, doch ehe er einen weiteren Schlag landen konnte, stieß Felix ein «Im Park … Fußball spielen» hervor. Diese Antwort beruhigte seinen Vater ein bisschen. Wenigstens treibt er sich nicht mit diesem Mädchen herum, dachte er und wollte die unschöne Szene, die sich ihm bot, vergessen machen.

«Na also, mein Junge, es geht doch. Warum nicht gleich so? Nimm mein Taschentuch und wisch dir das Blut weg. Das sieht nicht schön aus.»

Felix drehte sich um und rannte auf sein Zimmer. Der stets so selbstsicher wirkende, großgewachsene Junge zitterte vor Aufregung und Schmerz. Das würde er seinem Vater nie verzeihen. Und wenn dieser Rosalie wegschickte, dann würde er ihr folgen, nach Ostpreußen, nach China oder sonst wohin …

30

Die ausgelassene Stimmung im Klassenraum schwappte über. Die Strafaktion im Turnsaal hatte keine bleibenden Schäden hinterlassen. Die Schüler bildeten Grüppchen, man scherzte, riss Witze und prahlte mit neuesten Fußballtricks, die man sich heimlich angeeignet habe, mit Wollknäueln oder Kieselsteinen. Alle redeten durcheinander, und kaum einer bemerkte, dass Konrad Koch den Raum betreten hatte. Erst als dieser seine Stimme zu einem kräftigen «Good morning» erhob, begaben sich die Schüler gemächlich an ihre Plätze und erwiderten halbherzig seinen Gruß.

Koch registrierte mit einem Blick, in welchem Zustand sich die Klasse befand. Das sonst so fest in seinem Gesicht verankerte Lächeln verschwand. Er sah sich schweigend um und bemerkte eine Lücke in den Bankreihen.

«Wo ist Felix Hartung?»

Alle drehten sich zu dem leer gebliebenen Platz um und schienen erst jetzt wahrzunehmen, dass ihr Riegenführer fehlte.

«Ich weiß, wo er steckt», prustete Karl Zumbrinck los, «ich meine, ich weiß, wo ein Teil von ihm steckt.»

«Ein kleiner Teil!», rief Wilhelm Reuter ihm zu und löste damit eine Lawine des Lachens aus. Otto Schricker schlug sich auf die Schenkel, Hans Schwertfeger krähte wie ein Hahn, der seine morgendlichen Pflichten besonders ernst nahm. Nur Koch verzog keine Miene und schaute seine Klasse betroffen an, so lange, bis sie wieder zur Ruhe kam.

«Gentlemen, man hat mich davon unterrichtet, was sich im Turnsaal und im Geschichtsunterricht des Kollegen Bosch ereignet hat …»

«Das nennen Sie Geschichtsunterricht?», blökte Emanuel Witthuhn aus der letzten Reihe nach vorne. Einzelne Mitschüler quittierten den Zwischenruf mit Lachen, doch Koch unterband die vorlaute Bemerkung scharf.

«Quiet, please. Ich verbitte mir das! Ihr Verhalten enttäuscht mich. Ich dachte eigentlich, dass Sie mittlerweile eine Grundtugend des Fußballs verinnerlicht hätten, eine Tugend, die weit über den Sport hinausweist.» Er schritt zur Tafel und schrieb in Großbuchstaben das Wort *fairplay* an. «Claasen, was versteht man darunter?»

«Fairplay bezeichnet den respektvollen Umgang mit seinem Gegner. Und untereinander.» Claasen setzte sich, verunsichert wie die ganze Klasse.

Koch nickte beiläufig und wiederholte Wort für Wort die Antwort des Schülers. Dann fügte er hinzu:

«Theoretisch scheinen Sie begriffen zu haben, worauf es ankommt, gentlemen. Das reicht allerdings nicht. Wer von Ihnen glaubt, dass Ihr Verhalten gegenüber einem Soldaten, der im Krieg für sein Vaterland ein Bein verloren hat, fair war?»

Stille. Alle senkten den Blick, und alle begriffen, was die Stunde geschlagen hatte.

«Ich erwarte», fuhr Koch mit einer für ihn ungewohnt schneidenden Stimme fort, «dass Sie umgehend Offizier zu Hohenlohe und Doktor Bosch um Entschuldigung bitten. Do you understand?»

Die Schüler sahen sich erschrocken an. «Wir sollen was?», fragte Witthuhn, mehr zu seinen Mitschülern als zu seinem Lehrer gewandt.

«Sie haben mich sehr wohl verstanden. Sie sollen um Entschuldigung bitten. Und solange dies nicht geschehen ist, werde ich keine zufälligen Parkspaziergänge mehr unternehmen, und unsere nachmittäglichen Übungsstunden werden ruhen.»

Konrad Koch ignorierte die aufkommende Empörung. «Quiet. Open your books, please, page twenty-one. Who's going to read? Mister Zumbrinck.»

Es brodelte in der Klasse, doch niemand wagte, Koch ins Wort zu fallen oder auf das Thema zurückzukommen. Erst als die quälend lange Stunde vorüber war und sich Koch mit einem knappen Gruß verabschiedet hatte, steckten die Schüler ihre Köpfe zusammen und beratschlagten den Gang der Ereignisse. Obwohl der eine oder andere einzusehen begann, dass man den Bogen vielleicht überspannt hatte, wollte keiner Kochs Aufforderung nachkommen.

«Wer ist dafür», fragte Otto Schricker, «dass wir uns bei Bosch entschuldigen?» Angespannte Blicke antworteten ihm, keiner hob den Arm. «Und wer ist dafür, dass wir heute Nachmittag Fußball spielen, ohne Koch?» Die Unruhe hielt an; nacheinander fuhren die Arme zögerlich nach oben. Nur Joost Bornstedt verweigerte sich: «Ich weiß nicht, Otto. Koch hat irgendwie recht, finde ich.»

«Recht?» Otto Schricker schaute Joost verächtlich an. «Du möchtest dich also bei Bosch entschuldigen und dich bei ihm lieb Kind machen?»

Joost wand sich, zauderte, ehe er die Frage leise verneinte.

«Gut, gentlemen», beendete Otto die Diskussion. «Wir sind uns also einig. See you in the park.»

Alle sprengten auseinander. Nur Joost schlich langsam über den Schulhof. Würde das gut ausgehen?, dachte er und schaute hinüber zu Konrad Kochs Wohnung, in der kein Licht brannte. Die Vorhänge waren zugezogen.

Zu Hause angekommen, kramte Joost seine schmutzigen Fußballkleider hervor. Zu gern hätte er sie gewaschen, doch seine Mutter konnte er schlecht bitten, den Waschzuber für seine Fußballsachen aus dem Keller zu holen. Je länger er seine schmutzverkrustete Hose betrachtete, desto tiefer versank er in Gedanken und stellte sich vor, wie er einen Gegenspieler umkurvte, wie er sich anschickte, einen Querpass zu spielen, oder den Ball an seiner Brust abtropfen ließ. Für einen Moment lang verschwand er aus dieser Welt … und bemerkte nicht, wie seine Mutter ins Zimmer trat und vorwurfsvoll auf die ausgebreitete Kleidung blickte.

«Was sind das für verdreckte Sachen, Junge? Wo willst du damit hin? Fangt ihr etwa wieder an, dieses englische Spiel zu spielen?»

Joost fand schwer Worte, so erschrocken war er, seine Mutter vor der Zeit zu sehen.

«Wieso … Wieso, Mutter, bist du schon da?» Er überlegte krampfhaft, ob er ihr eine Lüge auftischen sollte, eine erfundene Erklärung für die schlammigen Kleidungsstücke, doch er ahnte, dass er damit nicht weit kommen würde – weder jetzt noch in Zukunft. Er entschied sich daher, bei der Wahrheit zu bleiben, und griff, um seine zornige und traurige Mutter zu überzeugen, auf Konrad Kochs Worte zurück.

«Ich habe, Mutter, durch meine Begabung fürs Fußballspiel Anerkennung in der Klasse gefunden. Selbst diejenigen, die mich rausekeln wollen, halten sich zurück. Ich bin jetzt Teil eines *teams*. Gesellschaftliche Unterschiede zählen da nicht, weil alle zusammen spielen. Du solltest uns mal zusehen, und dann wärst du stolz auf mich, weil ich beim Fußball der Beste bin!»

Joost schaute seine Mutter hoffnungsvoll an, doch

die blieb unbeeindruckt und riss ihm die Fußballklamotten aus den Händen.

«Du dummer Junge!», rief sie schluchzend. «Was nützt dir dein Fußball, wenn du von der Schule fliegst? Im richtigen Leben gibt es sehr wohl gesellschaftliche Unterschiede, Unterschiede zwischen Arm und Reich, da hilft dir ein Lederball nichts. Und wenn sie dich vom Gymnasium werfen, kannst du nie Ingenieur werden. Das wolltest du doch immer, oder?»

Joost wollte seine in Tränen aufgelöste Mutter nicht verstehen und schrie sie an: «Ich will kein Ingenieur werden, und ich will auch nicht nach Amerika! Das willst alles nur du. Ich will in Braunschweig bleiben und mit den anderen Fußball spielen, das will ich!»

Klara zuckte zusammen. Noch nie hatte ihr geliebter Sohn so mit ihr gesprochen. Sie näherte sich ihm fast schüchtern, doch Joost schob sie grob zur Seite, griff nach seinem Kleiderbündel und stürmte aus der Wohnung, ohne sich von seiner Mutter zu verabschieden. Klara setzte sich auf Joosts Bett, fassungslos über das, was gerade geschehen war. Was hatte das zu bedeuten? Warum verstand sie ihren Sohn nicht mehr?

31

Im Park herrschte Hochbetrieb. Die ganze Untertertia – bis auf Felix Hartung – hatte sich wie abgesprochen auf der versteckt liegenden Wiese eingefunden und sofort mit dem Spiel begonnen.

Am Spielfeldrand bezog Rosalie ihren Posten, unglücklich darüber, dass von Felix jede Spur fehlte. Wieso spielte er nicht mit? Warum nutzte er nicht die Gelegenheit, sie zu sehen? Auch von dem Lehrer der Jungen fehlte jede Spur. Missmutig verfolgte Rosalie den Spielverlauf und stellte ernüchtert fest, wie anders das Ballspiel diesmal vonstattenging. Es wurde gestoßen, gefoult und gemeckert. Keiner gab den Schülern Hinweise, wo sie sich aufzustellen hätten, und keiner unterband Verstöße gegen das *fairplay*. Und auch die Spieler schienen zu bemerken, dass ihr Kicken von einer eigentümlichen Aggressivität begleitet wurde.

Joost Bornstedt verbarg seine Tränen und warf sich mit Eifer in den Kampf. Als er in den Strafraum eindrang, rempelte ihn Hans Schwertfeger rüde um. Joost stürzte zu Boden und schrie den Übeltäter an, der nichts von einem *foul* wissen wollte.

Sofort lief Otto Schricker dazu und packte Hans am Kragen: «Das war ungerecht, ich hab's genau gesehen!»

Hans löste sich aus der Umklammerung und schubste Otto von sich: «Was willst du Fettsack denn?»

Die anderen Spieler verfolgten erschrocken, wie der Streit aus den Fugen geriet und sich Otto zornig auf Hans warf und ihn zu Boden schlug. Binnen weniger Sekunden brach ein Tumult los. Beide Mannschaften beschimpften sich und stießen Beschuldigungen aus. Mehrere Schüler ließen die Fäuste sprechen, und bald war eine ausgewachsene Prügelei im Gange.

Für das, was sich am Spielfeldrand tat, hatte keiner mehr ein Auge, und erst als Rosalie einen gellenden Pfiff und ein lautes «Mist!» ausstieß, hielten die Schläger inne und schauten ungläubig auf die neuen Zuschauer, die sich eingefunden hatten: zwei Dragoner, deren Pferde kaum zu bändigen waren, und eine Handvoll Polizisten, die eine geschlossene Formation bildeten und sich dem Spielfeld näherten. Über einen der Spazierwege rollte eine schwarze, elegante Kutsche heran, die neben den Dragonern zum Stehen kam. Unschwer waren Richard Hartung und Pfarrer Werners darin zu erkennen.

«Der Förderverein», flüsterte Karl Zumbrinck ehrfürchtig und starrte das Aufgebot an, «... das ist der Förderverein!»

Otto Schricker ging, unerschrocken wie üblich,

auf die Kutsche zu und entdeckte nun auch Felix Hartung im Fond. Blind vor Zorn riss er den Verschlag auf: «Du elender, gemeiner Verräter!»

Nur mit größter Anstrengung gelang es Hans und Wilhelm, ihren wütenden Mitschüler zurückzureißen.

Richard Hartung beachtete den aufgebrachten Jungen nicht, stieg aus und wandte sich den Polizisten zu. «Meine Herren! Jetzt ist Schluss. Bereiten Sie dieser Engländerkrankheit bitte ein Ende. Greifen Sie ein und lassen Sie keinen entkommen!»

Die Uniformierten folgten der Aufforderung umgehend und stürzten sich auf die Schüler, die in alle Himmelsrichtungen davonstoben. Eine wilde Verfolgungsjagd durch den Park setzte ein, wie sie Braunschweig noch nicht oft zu Gesicht bekommen hatte. Einige der Jungen schlugen Haken in bester Hasenmanier, andere wollten sich im Unterholz verstecken. Joost Bornstedt bebte vor Angst und versuchte panisch, auf einen Baum zu klettern. «Otto, hilf mir! Wenn Hartung mich sieht, bin ich erledigt!» Tatsächlich sprang Otto herbei, machte eine Räuberleiter für Joost, sodass dieser sich in letzter Sekunde zwischen den Ästen versteckte konnte. Eilig warf er ihm noch den Ball hinterher – den neu produzierten Ball aus der Firma seines Vaters, der die ersten Stöße und Tritte leidlich gut überstanden hatte.

Vergeblich schickte sich Otto an, es Joost nachzutun und den Baum zu erklimmen. Denn die Verfolger nahten bereits. Otto ließ vom Baumstamm ab und rannte davon. Doch nach nicht einmal zwanzig Metern war er mit seinen Kräften am Ende. Ausgepumpt machte er schlapp und hielt die Arme wie ein eben festgenommener Verbrecher hoch. «Ich ergebe mich – mein Leben für den Fußball.»

So geschickt sich Ottos Kameraden auch anstellten, so flink ihre Beine waren, der Übermacht der Dragoner und Polizisten hatten sie nichts entgegenzusetzen. Von seinem Baum aus sah Joost, wie einer nach dem anderen aufgegriffen und auf eine Lastenkutsche gebracht wurde. Er zitterte und umklammerte den Ball mit beiden Armen, als könne dieser ihn schützen.

Der zweite stille Beobachter – Felix Hartung – verfolgte das Geschehen mit wachsendem Unbehagen aus der Kutsche. Er schämte sich für seinen Vater, und er schämte sich für sich selbst. Unberührt von dem ganzen Aufruhr schritten sein Vater und Pfarrer Werners das Spielfeld ab und blieben vor den provisorischen Toren stehen.

«Das also», wunderte sich der Pfarrer, «sind diese legendären Male oder *Gohls*? Unglaublich, dass zwei in die Erde gerammte Stangen derartige Gefühlsausbrüche auszulösen vermögen. Man könnte meinen, das Glück der Welt hänge von dieser lächerlichen Konstruktion ab, eine einzige Gotteslästerung ist das …»

Joost hoffte inständig, dass sich die beiden bald

entfernen würden. Krumm und schief saß er eingezwängt in einer Astgabel und fürchtete, jede Sekunde den Halt zu verlieren und abzurutschen. Zu allem Unglück näherte sich nun Richard Hartung dem Baum, ohne den verängstigten Joost zu bemerken. Ein dringendes Bedürfnis lenkte Hartungs Schritte dorthin. Er knöpfte seine Hose auf und verrichtete seine Notdurft, ein Anblick, der Joost aus der Fassung brachte. Er schwankte, der Ball entglitt seinen Händen und plumpste Richard Hartung direkt vor die Füße.

«Was ... Was ist das?» Der Vorsitzende des Fördervereins richtete den Blick nach oben und erstarrte. «Der Proletarius!»

Eine Minute später verschwand auch Joost in der Lastenkutsche, als Letzter der eingefangenen Fußballpioniere. Eine schwierige Aufgabe wartete auf Schuldiener Profalla. Wie sollte er es bewerkstelligen, alle Täter im Karzer unterzubringen?

32

Niemand sprach ein Wort. Zusammengepfercht saßen die Schüler auf den Steinbänken im Keller des Schulgebäudes; zwei von ihnen vertrieben sich die Zeit und kickten unverdrossen einen kleinen Stein gegen die Karzermauer.

«Könnt ihr endlich damit aufhören, verdammt?» Otto Schrickers Ruf hallte durch das Verlies. Keiner antwortete ihm. Joost Bornstedt vergrub den Kopf zwischen seinen Armen und schluchzte leise.

Lange konnte das Jüngste Gericht nicht mehr auf sich warten lassen, und in der Tat hatten sich die Vorsitzenden des Fördervereins bereits im Direktorenzimmer versammelt und sannen über geeignete Strafmaßnahmen nach. Mitten auf von Merfelds Schreibtisch, zwischen Schriftsätzen und Aktenordnern, lag das Corpus Delicti: Otto Schrickers ein wenig aus der Form geratener Ball.

Pfarrer Werners deutete auf das Objekt der Schande und erklärte: «Der Proletarius war im Besitz des Balles, er ist der Rädelsführer!»

Doktor Bosch bekräftigte diese Anschauung lauthals und ließ etwas von einer kurz bevorstehenden sozialistischen Revolution verlauten. Und Richard Hartung gab nicht minder vehement zum Besten, dass dieses gefährliche Engländerspiel den sittlichen Verfall vorantreibe und zur Verrohung der Jugend führe. Es müsse stante pede verboten werden.

Direktor von Merfeld wusste nichts zu entgegnen. Nach Unterstützung heischend, wandte er sich Konrad Koch zu, der sich in eine Ecke des Raums zurückgezogen hatte. Was sollte er entgegnen? Er tat ein paar Schritte auf den Lehrer zu.

Koch spürte, dass der Zug längst entgleist war und es ihm schwerlich glücken würde, seine Gegner zu überzeugen. Einen letzten Anlauf unternahm er dennoch: «Meine Herren, ich habe den Schülern das Fußballspielen ausdrücklich untersagt. Der Ball dort gehört mir nicht, und er hat, nebenbei bemerkt, auch nicht die Güte eines in England hergestellten Fußballes. Ich weiß nicht, woher ihn die Klasse hat.» Er zuckte mit den Schultern. «Aber erlauben Sie mir eine Bemerkung zu Ihren Befürchtungen, der Fußball könne unsere deutsche Jugend verderben. Das Gegenteil scheint mir zuzutreffen. Wir sollten dieses Spiel fördern, weil es die Jungen dazu anleitet, sich im Freien zu bewegen. So löblich es ist, sich im Hallenturnen zu beweisen, so pädagogisch bedeutsam ist es, sich an der frischen Luft zu betätigen … Wie viele unserer Schüler neigen dazu, sich in Wirtshäusern herumzutreiben und die Natur zu meiden? Spiele wie das einst beliebte Kaiserball sind in Vergessenheit geraten, und da tut es not, mit einer geeigneten neuen Sportart das Gemeinschaftsgefühl der Schüler zu stärken – auf freiem Feld! Und was die Wurzeln des Fußballs angeht, so bin ich gerne bereit, Aufklärung zu leisten und Ihnen darzulegen, dass es sich keineswegs um eine rein englische Sportart handelt …»

Von Merfeld wollte Zustimmung äußern, doch Richard Hartung verspürte offenbar nicht die geringste Lust, sich auf Kochs Erläuterungen einzulassen.

«Hören Sie auf. Reden Sie sich nicht heraus!», rief er. «Was ist schon von einem Lehrer zu halten, der die Spitznamen ‹Laufkoch› oder ‹Spielapostel› hat und der sich nicht zu schade ist, sich die Hosen zu zerreißen, um einen viel zu kleinen Ball zwischen zwei Baumstämme zu befördern. Das Ganze ist lächerlich.» Hartung schnaubte verächtlich. «Aber es war mir von Anfang an klar, dass Sie ein Feigling sind, der keine Verantwortung zu übernehmen vermag. Damals, anno 1870, als das Vaterland Sie gebraucht hätte, haben Sie sich aus dem Staub gemacht, es vorgezogen, irgendwo in England Tee zu trinken und Ball zu spielen. Aber lassen wir das. Ich verlange, dass dieser Anführer Bornstedt, der offenkundig Kochs verlängerter Arm ist, der Schule verwiesen wird, und zwar sofort.»

Konrad Koch blieb stumm, und als von Merfeld zaghaft einen Einwurf anzubringen versuchte, brachte ihn Hartung kurzerhand zum Schweigen.

«Gustav, seien wir ehrlich. Dein Volksbildungsprojekt ist gescheitert. Man sieht ja, wozu es führt, wenn das Proletariat in die höheren Schichten aufsteigen will. Unsere eigenen Söhne werden sich an den perversen Vergnügungen dieser Kreise infizieren, und der deutsche Volkskörper wird auf lange Sicht in Mitleidenschaft gezogen – worauf unsere Gegner, nicht zuletzt die Engländer, sehnsüchtig warten.»

Hartung redete sich in Rage. Der Direktor ging resigniert an seinen Schreibtisch zurück und zog ein Formular aus der Schublade, das er schweren Herzens auszufüllen begann.

Da trat Konrad aus seiner Ecke, ohne sich um den immer noch polternden Richard Hartung zu kümmern.

«Herr Direktor, ich biete Ihnen meine Kündigung an – unter der Bedingung, dass Joost Bornstedt Schüler des Martino-Katharineums bleiben kann. Denn darauf ...» Er wandte sich vom perplexen Direktor ab und dem unsicher gewordenen Hartung zu. «Denn darauf, geschätzter Fördervereinsvorsitzender, kommt es Ihnen doch in erster Linie an, oder? Dass dieser feige englische Spion seine Siebensachen und seinen Lederball packt und verschwindet ...»

Richard Hartung bemühte sich kaum, seine Genugtuung zu verbergen. Er nickte und drehte sich mit einem feisten Lächeln im Gesicht Pfarrer Werners zu. Direktor von Merfeld sank in sich zusammen und schaute die Kontrahenten entgeistert an. Womöglich, fuhr es ihm durch den Kopf, werden sie bald an meinem Stuhl sägen. Erst Koch, dann er …

33

Konrad Koch schleppte sich über den von der Nachmittagssonne beschienenen Schulhof, wo die leere Lastenkutsche und das Hartung'sche Gefährt standen. Er konnte keinen klaren Gedanken mehr fassen und fühlte sich niedergeschlagen.

Als er gerade dabei war, die Karossen zu passieren, entdeckte er Felix Hartung, der sein lädiertes Gesicht durch das Kutschenfenster streckte.

«Was, Herr Koch, passiert jetzt? Was hat mein Vater …?»

Konrad blieb stehen und sah den Schüler mitleidig an. «Machen Sie sich keine Vorwürfe. Ich plädiere im Leben wie im Fußball immer für den Satz ‹Nach dem Spiel ist vor dem Spiel›, auch wenn diesmal diese Weisheit nicht zu gelten scheint.» Er seufzte. «Sie werden den Fußballsport im Herzogtum Braunschweig verbieten, vermutlich mit der Begründung, dass er zum Aufruhr und zur Gesetzlosigkeit verleite.»

Felix wollte protestieren, doch Konrad schüttelte resigniert den Kopf: «Der Arm Ihres Vaters reicht weit, und wenn sich dazu noch die Kirche an seine Seite stellt, sind mir die Hände gebunden. Ich werde die Schule verlassen. Das Spiel ist außer Kontrolle geraten.»

Felix schlug die Hände vors Gesicht: «Und ich bin schuld, weil ich ein blöder Verräter bin … Ich wollte das nicht.»

Koch blickte den von Gewissensbissen Zermürbten verständnisvoll an. «Quälen Sie sich nicht, Hartung. Sie haben selbst genug durchzustehen, wenn ich mir Ihre geschwollene Wange ansehe. Niemand schlägt so hart zu wie der eigene Vater. Ich habe das am eigenen Leib erfahren. Schließlich habe ich acht Jahre lang Unterricht bei meinem Vater genossen.»

«Aber Sie haben Ihre Mitschüler nicht verraten», gab Felix zurück.

«Wer weiß, Hartung, wie ich in Ihrer Lage gehandelt hätte. Ich wollte alles anders und besser machen als mein Vater und seine Generation. Und Sie sehen ja selbst, wohin das geführt hat. Aber lassen Sie sich trotzdem nichts gefallen, Hartung. Sie haben, glaube ich, Ihre Lehren gezogen. Kämpfen Sie weiter. Es war ja kein Zufall, dass Sie Riegenführer der Untertertia wurden.»

Die Worte des Lehrers trafen Felix mitten ins Herz. Und während Konrad Koch müde seine Wohnung aufsuchte und froh darüber war, Profalla und seiner Frau nicht zu begegnen, sprang der junge Hartung aus der Kutsche und machte sich zu Fuß auf den Heimweg. Ihm war eine Idee gekommen, eine gute Idee. So leicht konnte es doch nicht sein, ein harmloses Ballspiel gleich im ganzen Herzogtum zu verbieten …

Konrad Koch hingegen setzte sich an seinen Schreibtisch. Viel gab es für ihn nicht mehr zu erledigen. Aber seinen englischen Freunden musste er natürlich die traurige Botschaft von seinem Abgang übermitteln. Aus dem geplanten Wettstreit würde nichts werden.

Was wäre das für ein historisches Match geworden, dachte Konrad, vielleicht der Anfang von etwas Großem. Er tat sich schwer, die passenden Worte zu finden. Immer wieder formulierte er neu, was er Ian und den anderen schreiben wollte.

Zur gleichen Zeit beugte sich Felix Hartung über den Sekretär seines Vaters. Er hatte sich in dessen Zimmer geschlichen, war die Bücherwand abgeschritten und endlich bei den Gesetzestexten fündig geworden. Aufgeregt schlug er die Seiten eines Wälzers um, in der Hoffnung, das zu finden, was er suchte.

Da, endlich!, jubilierte er. Felix klemmte sich das Buch unter den Arm und verließ, von allen Bediensteten unbemerkt, die elterliche Villa.

Der Abend hatte sich längst über der Stadt ausgebreitet, doch Felix fand sich mühelos zurecht. Auf leisen Sohlen schlich er auf das Schulgelände und in den Keller und näherte sich schließlich der vergitterten Karzertür.

«Hallo», raunte er, «ein Glück, dass ihr noch da seid!»

Mit einem Schlag kam Bewegung in die Gruppe der Eingesperrten. «Was heißt hier ‹ein Glück›?», empörte sich Wilhelm Reuter. «Spinnst du? Dass du dich überhaupt traust, hier aufzukreuzen! Sei froh, dass wir eingelocht sind», sagte er und rüttelte an den Eisenstäben, «sonst würden wir dir Verräter an die Gurgel gehen!»

«Hast du wenigstens etwas zu essen mitgebracht?», warf Otto Schricker ein, dem die kleine Portion Haferschleim bei weitem nicht gereicht hatte. «Könntest du deinem werten Herrn Vater vielleicht sagen, er soll uns bald rauslassen? Welche Haftzeit hast du mit ihm ausgemacht?»

«Halt die Klappe, Otto! Verprügeln könnt ihr mich immer noch. Es gibt im Moment Wichtigeres.»

«Ja, ich muss pissen», erwiderte Otto.

«Kannst du mal still sein?» Felix blickte streng in die Runde. «Fußball soll in Braunschweig verboten werden, und Koch wird die Schule verlassen. Wir müssen handeln. Ist Claasen da?» Ungeduldig starrte Felix ins dunkle Karzerinnere, wo sich im Hintergrund die Gestalt des Klassenprimus zeigte. Felix schob ein Buch durch die Gitterstäbe und hielt es ihm hin. «Das ist die Kaiserliche Schulordnung, lies dir mal Paragraph 34, Absatz 3 durch, Hinrich!»

Zwei Stunden später entließ Profalla die Übeltäter. «Macht, dass ihr nach Hause kommt, es ist spät. Aber benehmt euch wie anständige Untertertianer!»

Die Schüler überhörten seine erzieherischen Ratschläge und rasten wie von der Tarantel gestochen über den Hof. Auf der Straße wartete bereits Felix Hartung auf sie. Sie beredeten sich kurz und zogen in kleiner Delegation ein paar Straßenzüge weiter, bis sie an ein unscheinbares, unbeleuchtetes Haus kamen. Otto Schricker zog an der Klingelschnur, worauf ein lautes, quakendes Geräusch durch das Treppenhaus gellte.

Wenig später öffnete sich langsam die Tür, und von Merfelds Sekretärin streckte ängstlich den Kopf heraus. Der Gürtel ihres Morgenmantels hing herab, und Frau von Salchow schien mit dem Schlimmsten zu rechnen: «Brennt die Schule?»

«Nein, nein», bemerkte Otto Schricker. «Aber es geht um Leben und Tod.»

«So ein Unsinn.» Unwirsch wollte Frau von Salchow die Tür wieder schließen. «Das ist eine Unverschämtheit, Schricker, mich meiner Nachtruhe zu berauben. Ein Nachspiel wird das haben, und was für eins!»

Zum Glück reagierte Felix Hartung schnell und stellte seinen Fuß in die Tür. «Verzeihen Sie, werte Frau von Salchow, die ungebührlich späte Störung. Wir stehen vor einem Problem, und Sie schienen uns die einzige Person zu sein, die uns helfen kann.»

Felix Hartungs gutes Benehmen verfehlte seine Wirkung nicht. Frau von Salchow blickte den adrett gekleideten, wenn auch etwas lädierten jungen Mann freundlich an und bat ihn in ihre Wohnung.

34

Mit wenigen Handgriffen packte Konrad Koch seine Habe zusammen. Viel gehörte ihm nicht, und viel hatte er in Braunschweig nicht mehr verloren. Mit zwei Lagen Seidenpapier schlug er das vornehme Teeservice ein und verstaute es vorsichtig in einem seiner Koffer. Das fehlte noch, dass einer der dünnen Henkel abbrach!

In seiner Konzentration musste Konrad das Klopfen an der Tür überhört haben. Denn plötzlich stand Klara Bornstedt auf der Schwelle.

«Darf ich Sie kurz stören, Herr Koch? Oder sind Sie wieder mit dem Kaiser zugange?»

Konrad schrak auf und schob seinen Koffer beiseite. «Selbstverständlich, liebe Frau Bornstedt. Treten Sie ein. Gemütlich ist es aber bei mir nicht, oder besser: nicht mehr.»

Klara Bornstedt kam, wie es ihre Art war, umgehend zur Sache. «Ich muss Sie noch einmal sprechen und Ihnen Dank dafür sagen, was Sie für mich und meinen Sohn getan haben. Direktor von Merfeld hat mir alles berichtet, und ich weiß nicht, wie ich Ihnen das vergelten soll.»

Konrad winkte hilflos ab. Sosehr es ihn einerseits freute, dass Joost die Schule nicht verlassen musste, so schwer fiel ihm sein jäher Abschied von der Untertertia.

«Nein, gute Frau Bornstedt, ich habe lediglich zu retten versucht, was noch zu retten war. Ohne mich wäre Ihr Sohn nie in diese missliche Lage geraten. Mein Enthusiasmus war wohl zu groß. Ich war so naiv, mir vorzustellen, dass meine pädagogischen Absichten alle Menschen in den Bann zögen und dass der Fußball auch die sturſten Köpfe faszinieren würde. Man sollte aber die Starrsinnigkeit und das Obrigkeitsdenken der Deutschen nicht unterschätzen …»

Damit wandte er sich wieder seinem Teegeschirr zu und packte die letzte Tasse ein.

«Gehen Sie jetzt zurück nach England?», fragte Klara teilnahmsvoll.

Konrad zuckte die Achseln und schwieg. Wenn er darauf nur selbst eine Antwort parat hätte!

Klara redete weiter, bemüht darum, die bleierne Stimmung, die über dieser Lehrermansarde lag, zu durchbrechen. «Ich beneide Sie … so frei, so ungebunden. Die ganze Welt steht Ihnen offen.»

«Manchmal», erwiderte Konrad, «wäre es auch schön, zu wissen, wohin man gehört.» Er lächelte Klara versonnen an.

Die junge Frau spürte, dass weitere Worte nichts nutzen würden. Sie knetete ihre Daumen und verabschiedete sich. In der Tür blieb sie noch einmal stehen. «Wie sagt man in England ‹Auf Wiedersehen›?»

«Ganz einfach: *good-bye*.»

Klara kicherte und spitzte den Mund. «Guudbai … das ist mein erstes englisches Wort!»

«Das war schon sehr gut, werte Frau Bornstedt», sagte Konrad. «Vielleicht kann Ihnen Joost weitere Vokabeln beibringen. Er ist ja nicht nur beim Fußball ein cleverer Bursche. Und vielleicht sehen wir uns einmal wieder. It would be a great pleasure for me – es wäre mir ein großes Vergnügen.»

Er verbeugte sich und sah in ihre kämpferisch aufblitzenden Augen. Wer weiß, vielleicht empfand Konrad Koch sogar mehr als Respekt für diese starke Frau, die sich von niemandem einschüchtern ließ.

«Passen Sie auf sich auf, Herr Koch, lassen Sie das Kaiserporträt wenigstens an Ihrem letzten Tag heil, und verstauen Sie Ihren drolligen Fußball gut.»

Konrad lächelte ihr nach. Klara Bornstedt hatte recht, wieder einmal. Irgendwo musste er seinen Fußball im Gepäck verstauen, ohne die Teetassen in Mitleidenschaft zu ziehen. Doch zuerst würde er das Leder abwischen und mit Fett einreiben. Auch ein englischer Fußball brauchte Pflege.

35

Konrad Koch war bereit. Er hatte seinen Koffer gepackt und mit einem Lederriemen verschnürt. Vermutlich würde er für ein paar Tage in Hannover unterkommen. Danach sah man weiter. Doch zuvor musste er im Lehrerzimmer die Unterschrift leisten, die seinen Abgang besiegelte und die Schule von allen Verpflichtungen befreite.

Hartung und Werners ließen es sich nicht nehmen, an der Prozedur teilzunehmen, ganz so, als wollten sie Kochs Schmach unbedingt mit eigenen Augen sehen. Zwischen den beiden Männern stand von Merfeld und bemühte sich erst gar nicht, sein Unglück zu verbergen. Er schüttelte den Kopf und schwieg beharrlich.

«Ich muss Ihnen nicht ausdrücklich sagen», übernahm Richard Hartung mit einem Wohlwollen vortäuschenden Gesicht die Gesprächsführung, «wie sehr wir es bedauern, dass Sie uns verlassen.»

Pfarrer Werners verschränkte die Finger ineinander und pflichtete Hartung mit einem «So ist es!» bei.

«Dazu besteht keine Notwendigkeit, sehr geehrter Herr Hartung, wir wollen uns nichts vormachen.»

Konrad griff nach der Mappe, die ihm von Merfeld wortlos herüberreichte, und ignorierte den Federhalter, den Hartung ihm anbot.

«Sie müssen hier unterschreiben», sagte von Merfeld leise und deutete auf den unteren Rand eines kurz gehaltenen Schriftstücks.

Koch überflog den Text, zückte einen Stift und wollte zur Unterschrift ansetzen, als es plötzlich an der Tür klopfte und Frau von Salchow hektisch das Konferenzzimmer betrat.

«Herr Direktor, einen Moment bitte», hechelte sie und warf sich von Merfeld entgegen, «ein Telegramm, aus Berlin. Ein Telegramm!»

«Hat das nicht Zeit, liebe Frau von Salchow?» Von Merfeld zog die Augenbrauen hoch und nahm das Schreiben widerwillig entgegen, da sich seine Sekretärin anschickte, das Zimmer wieder zu verlassen. Er klemmte sein Monokel fest und begann zu lesen, zum Unwillen von Richard Hartung, der keine Verzögerung hinzunehmen gedachte und den Direktor argwöhnisch im Auge behielt.

«Nun …», räusperte sich von Merfeld und griff nach seinem Monokel, das herunterzufallen drohte. «Nun, das ändert dann wohl einiges …» Er reichte das Telegramm an den nicht minder verdutzten Koch weiter und erhob sich, ergriffen von einem Tatendurst, den er fast verloren glaubte.

Mit neugewonnener Selbstsicherheit wandte er sich dem unwilligen Hartung zu: «Richard, es tut mir leid, ich habe soeben eine Nachricht aus Berlin erhalten, die Antwort auf eine Anfrage, die ich gestern nach Berlin telegraphiert habe …»

«Was für eine Anfrage, Gustav? Was soll das? Die Dinge liegen sonnenklar auf der Hand», schnauzte Hartung zurück, der irritiert feststellen musste, dass sich über Konrad Kochs Gesichtszüge ein verspieltes Lächeln ausbreitete.

«Nun, lieber Richard, ich wollte nichts überstürzen und alle Möglichkeiten prüfen, weshalb ich nach Paragraph 34 der Kaiserlichen Schulordnung einen … einen …» Ratlos blickte er Koch an, der den Telegrammtext noch einmal überflog und dem Direktor aushalf.

«… einen Evaluierungsantrag.»

«Genau! Ich habe einen Evaluierungsantrag gestellt. Dem hat Berlin nun zugestimmt und eine Delegation benannt, die nach Braunschweig reisen und überprüfen wird, ob Fußball als ergänzender Lehrinhalt zugelassen werden kann.»

Richard Hartungs Gesichtsausdruck ähnelte dem eines vom Gewitter überraschten Schafs. «Fußball als Lehrinhalt?», stammelte er. «Sind hier alle übergeschnappt?»

Von Merfeld jedoch fühlte Oberwasser und unterbrach den aufbrausenden Hartung unverblümt. «Richard, ich muss doch bitten. Wir alle stimmen sicherlich zu, dass es uns nicht zusteht, eine offizielle Kaiserliche Delegation zu bevormunden. Diese muss in die Lage versetzt werden, in völliger Unabhängigkeit die Dinge von allen Seiten zu betrachten. Deshalb verfüge ich, dass es bis zur Entscheidung der Delegation kein Verbot von derartigen Lehrinhalten geben wird.»

Konrad Koch griff den Einwand freudig auf und schraubte seinen Füller wieder zu. «Herr Hartung, Herr Werners, Sie verstehen sicher, dass ich mich unter diesen Umständen den Abgesandten des Kaisers verpflichtet sehe und die gewünschte Unterschrift nicht zu leisten vermag. Zumal Herr Direktor von Merfeld sicher Wert darauf legt, dass alles bestens vorbereitet ist für den hohen Besuch.»

«So ist es, so ist es!», juchzte von Merfeld und konnte sich nur mit Mühe beherrschen, dem raffinierten Koch nicht vor Begeisterung auf die Schultern und sich auf die Schenkel zu schlagen. «Keine Zeit ist zu verlieren! Sie entschuldigen uns also bitte, meine Herren. Wir wollen ja schließlich ein gutes Bild abgeben, wenn es um das Ansehen unserer Anstalt geht.»

Gemeinsam strebten sie der Tür zu und ließen ihre beiden zwischen Empörung und Entgeisterung schwankenden Kontrahenten zurück.

Mechanisch griff Hartung nach dem Telegramm aus Berlin und las es, immer wieder, Zeile für Zeile durch. Was er da sah, erschloss sich ihm nicht. Widerstände gegen seine Pläne lehnte er grundsätzlich ab, doch ein Dekret des Kaiserlichen Schulamtes, aus Berlin …

36

Um ein Haar wären die aus dem Lehrerzimmer stürzenden Herren mit Frau von Salchow zusammengeprallt, die – wie es ihre Art war – das Ohr an die Tür gepresst hielt, um kein wichtiges Ereignis zu verpassen. Als der strafende Blick des Direktors sie traf, spürte sie kein Schuldgefühl. Eine Sekretärin konnte schließlich ihres Amtes nur walten, wenn sie über jede Kleinigkeit informiert war.

«Frau von Salchow, hätten Sie die Freundlichkeit, mir zu sagen, ob Sie in den vergangenen Tagen, natürlich rein zufällig, Verbindung mit dem Kaiserlichen Schulamt in Berlin hatten?», fuhr von Merfeld sie an und sah mit einem Blick, dass er ins Schwarze getroffen hatte. Doch ohne eine Antwort abzuwarten, ließ er seine unbeirrt lächelnde Sekretärin stehen und steuerte mit Koch im Gefolge zum Klassenraum der Untertertia.

Ohne den verblüfften Doktor Bosch zu beachten, der gerade Unterricht abhielt, fixierte von Merfeld die Schüler, die mit Unschuldsmiene zu Boden sahen.

«Meine Herren, sehen Sie mich an! Ich will auf der

Stelle wissen, wessen Idee es war, hinter meinem Rücken einen derart dreisten Vorstoß zu unternehmen. In meinem Namen an das Kaiserliche Schulamt in Berlin zu telegraphieren … also, ich muss schon sagen …»

Doch niemand rührte sich, während der bohrende Blick des Direktors von einer Bankreihe zur anderen wanderte. Bis sich plötzlich Felix Hartung erhob, dessen Schwellungen immer noch nicht abgeklungen waren. Mit fester Stimme nahm er alle Schuld auf sich und erklärte, er habe das Telegramm verschickt.

Noch ehe der sichtlich um Fassung ringende von Merfeld zu antworten vermochte, stand Otto Schricker auf. «Das ist nicht ganz richtig, Herr Direktor. Ich habe Felix dazu angestiftet.»

Umgehend sprang Emanuel Witthuhn auf und ergänzte Ottos Bekenntnis: «Aber ich war es, der die beiden zum Handeln gedrängt hat.»

«Eigentlich», setzte Karl Zumbrinck fort und erhob sich ebenfalls, «war es die Idee von uns allen. Und Frau von Salchow trifft keinerlei Schuld. Wir haben sie mitten in der Nacht überfallen und dazu gezwungen, die Anfrage nach Berlin zu kabeln.»

Felix Hartung konnte kaum glauben, was er hörte, und sah seine Mitschüler, die sich der Reihe nach erhoben, dankbar an. Auch Konrad Koch schaute mit sichtlichem Wohlgefallen auf das ungewöhnliche Bild, das die Untertertia heute Morgen abgab.

Nur Direktor von Merfeld blieb unvermindert

ernst, bis seine Miene plötzlich in ein fröhliches Grinsen umschlug: «Wer immer von Ihnen diesen Geistesblitz hatte … er ist ein Genie!»

«Well done, boys, very well done», ergänzte Koch. Dann jedoch begann er umgehend damit, die Euphorie der Schüler zu dämpfen. «Jubeln Sie nicht zu früh. Noch ist nichts gewonnen. Sie wissen ja, ein Stürmer sollte erst die Arme hochreißen, wenn der Ball sicher im Tor gelandet ist. Die Kaiserliche Delegation wird über das Schicksal des Fußballs entscheiden, und wir müssen alles daransetzen, überzeugend aufzutreten. Ihr Handeln hat gezeigt, dass Sie Mannschaftsgeist besitzen, und das hilft uns hoffentlich auch künftig weiter.»

«Pioniere werden wir sein, Koch. Pioniere!», fiel ihm von Merfeld ins Wort, der seinen alten Enthusiasmus zurückgewonnen hatte. Dem verblüfft dreinschauenden Doktor Bosch warf er einen provozierenden Blick zu.

«Sicher, Herr Direktor, das wäre möglich», pflichtete Koch bei. «Wenn wir in Braunschweig den Anstoß geben, könnte in den nächsten Jahren eine Lawine losgetreten werden. Stellen Sie sich vor, dass jede Stadt und jedes Dorf im Kaiserreich von unserer Leidenschaft erfasst wird. Vielleicht werden irgendwann Mannschaften gegeneinander antreten und in Wettkämpfen die Besten ermittelt. In England gibt es dergleichen schon. Dort finden an jedem Sonntag Turniere statt, vor vielen Zuschauern, die sich nicht an fulminanten Drehschüssen und wuchtigen Kopfstößen sattsehen können.» Koch redete sich in Rage. «Ich weiß nicht, ob die Zeit dafür reif ist in Deutschland, aber mit der Demonstration, die wir der Kaiserlichen Delegation bieten werden, können wir alles gewinnen – oder verlieren.»

Die Klasse war beeindruckt von den Visionen, die Koch ausmalte, und auch Direktor von Merfeld schien davon zu träumen, mit dieser Tat in die Geschichtsbücher oder wenigstens in die Fußballgeschichtsbücher einzugehen. Ohne sich um den kurz vor einer Herzattacke stehenden Doktor Bosch zu kümmern, stimmte von Merfeld ausgelassen mit ein, als Koch und die Schüler ein kraftvolles «Hip, hip, hurrah!» anstimmten.

Keine Frage, der Ernst des Spiels hatte begonnen.

37

Gleich am Nachmittag traf sich die verschworene Ballgemeinschaft auf dem St. Leonhardsanger. Jede freie Minute galt es, nun zum Training zu nutzen.

Konrad Koch unterbrach das Spiel immer wieder, um Anweisungen zu geben. Auch er wusste, dass die Klasse noch viel zu lernen hatte, damit sie gegen andere Teams bestehen konnte. Er zeigte seinen Schülern, was sie verbessern konnten, und lobte lautstark, wenn Joost Bornstedt oder Hans Schwertfeger eine erfolgreiche Kombination gelang.

Nur einer fehlte in der Runde: Felix Hartung. Er hatte sich nicht auf dem Anger gezeigt.

Auch Rosalie, die wie üblich zum Training erschienen war, wusste nicht, wo ihr Verehrer abgeblieben war. Als sie das Gelände enttäuscht wieder verlassen wollte, legte Konrad ihr die Hand auf die Schulter.

«Wollen Sie nicht bleiben? Vielleicht kommt Felix ja noch. Nach allem, was er an Einsatz für seine Mitschüler gezeigt hat, wird er sich unsere Vorbereitung schwerlich entgehen lassen.»

Rosalie schüttelte betrübt den Kopf. «Ich weiß auch nicht, wo er ist. Aber bleiben kann ich nicht mehr, ich muss mir eine neue Arbeit suchen, sonst setzt mich meine Hauswirtin auf die Straße.»

Hätten beide sehen können, was sich zur gleichen Zeit in der Hartung'schen Villa abspielte, wäre es für sie ein Leichtes gewesen, die Abwesenheit von Felix zu erklären.

Richard Hartung hatte seinem Sohn Hausarrest erteilt und das Fenster seines Zimmers mit einem Sicherheitsriegel blockiert. Eine Standpauke würde das Übrige tun, dachte der Bankier.

Doch Felix saß trotzig auf seinem Bett und würdigte seinen Vater keines Blickes.

«Es wird dir nichts nützen, Vater, mich hier einzusperren. Wenn die Berliner Delegation entscheidet, den Fußball als Lehrinhalt zuzulassen, kannst du nicht verhindern, dass wir spielen.»

«Freu dich nicht zu früh», zischte Hartung. «Euer dummes Wettspiel kann nur stattfinden, wenn Koch genügend Spieler zur Verfügung hat, stimmt's?»

«Willst du uns etwa alle einsperren?», entgegnete Felix erbost und baute sich zornig vor seinem Vater auf. «Das werden wir uns nicht gefallen lassen!»

«Keine Sorge, mein Sohn, zu solchen Maßnahmen werden wir nicht greifen müssen. Mir ist ein viel besserer Gedanke gekommen. Du wirst Braunschweig verlassen, ich habe dich zu den Aufnahmeprüfungen an der Preußischen Kriegsakademie in Berlin angemeldet. Dort wird man dich zur Vernunft bringen. Für deine Flausen ist da nämlich kein Platz. Auch der gute Clausewitz hat an der Akademie schon seine Ausbildung erfahren. Und was deine Mitschüler angeht, werden wir schon sehen, welche von ihnen Kochs Treiben künftig noch unterstützen können. Unterschätze deinen Vater nicht!»

Mit diesen Worten verließ Richard Hartung eilig das Zimmer seines Sohnes, das er sorgsam hinter sich zuschloss. Er wollte keine Zeit verlieren und machte sich in das Bankhaus auf, wo er sich mit einem Reporter der «Braunschweiger Zeitung» verabredet hatte.

Rodenstock, so hieß der Kerl, der sofort begeistert reagiert hatte auf Hartungs Frage, ob er sich etwas Geld hinzuverdienen wolle. Gewährsleute hatten Hartung berichtet, dass Rodenstock seine Arbeit bereits zufriedenstellend erledigt und mit seiner Kamera Fotos vom Geschehen auf dem Leonhardsanger gemacht hatte. Bilder mit Koch und seinen Schülern in der Mitte, Bilder, die am nächsten Tag in der «Braunschweiger Zeitung» bestens platziert werden würden.

Rodenstock wartete schon seit geraumer Zeit in Richard Hartungs Vorzimmer und machte einen Bückling nach dem anderen.

«Nicht so auffällig, Mann», beschied ihm Hartung und wies ihn in sein Büro. «Haben Sie Ihre Arbeit getan? Was werden die Braunschweiger morgen zum Frühstück lesen?»

Rodenstock rückte seine wacklige Brille zurecht und zog den Artikel aus der Tasche, der am nächsten Tag in seiner Zeitung erscheinen würde. «Hier, bitte sehr, Herr Hartung. Ich hoffe, dies findet Ihr Gefallen.»

Hartung überflog die Überschrift und die ersten Zeilen, und auf seinem Gesicht machte sich umgehend Zufriedenheit breit.

«Englischer Aftersport bedroht deutsche Jugend! ... Lehrer infiziert Schüler mit Engländerkrankheit ... Fußlümmelei gibt Braunschweig der Lächerlichkeit preis ...»

Neben den großen Lettern prangte ein Bild Konrad Kochs, wie er derangiert gekleidet zu einem Freistoß ansetzte.

«Sehr gut gemacht, Herr Rodenstock, aus Ihnen wird noch etwas werden.» Hartung konnte sich an dem Artikel nicht sattsehen. Das würde für Aufruhr sorgen und vielen Eltern zu denken geben. Er reichte Rodenstock einen dicken Umschlag über den Tisch. «Sie sollen nicht umsonst gearbeitet haben, Herr Rodenstock. Und vergessen Sie nicht, dass die Sache unter uns bleiben muss. Niemand darf davon erfahren.»

Der Reporter griff gierig nach Hartungs monetärer Aufmerksamkeit und setzte erneut zu Dankbarkeitsbücklingen an, die dem Bankdirektor unangenehm waren. Mit einer jähen Handbewegung verabschiedetet er den Journalisten und lehnte sich bestens gestimmt in seinem Armsessel zurück. Morgen würde ein guter Tag werden.

38

Richard Hartungs geschickt eingefädelte Aktion verfehlte ihre Wirkung nicht. Ganz Braunschweig kannte am nächsten Morgen kein anderes Thema als den Fußball. Binnen Stunden machte Rodenstocks Artikel die Runde, und überall herrschte helle Empörung.

Konrad Koch, der kein regelmäßiger Leser des Braunschweiger Blattes war, bekam die Ablehnung zu spüren, als er sich fröhlich pfeifend zum Übungsplatz aufmachte. Genauestens hatte er sich überlegt, welche Finessen er den Schülern heute beibringen wollte. Sie mussten ihr Spiel ordnen und nicht wie ein aufgescheuchter Hühnerhaufen über die Wiese rennen. Gerade überquerte er die Straße, als er abschätzige Stimmen hörte. Vor dem Krämerladen an der Ecke hatte sich eine aufgebrachte Menschentraube versammelt, die ihm Unfreundlichkeiten zuzischte. Er vernahm ein «Aus der Stadt jagen sollte man ihn!» und ein «Gut, dass das sein Vater nicht miterleben muss!» und verstand die feindliche Stimmung doch erst, als er die Zeitungsüberschriften gelesen hatte.

Andernorts war es bereits zu Konsequenzen gekommen. Die Zahl der Schüler, die Koch zur Verfügung standen, reduzierte sich im Handumdrehen.

Karl Zumbrinck saß seinen Eltern wie ein Schwerverbrecher gegenüber und legte seinen Kopf in die Arme, um sich vor der Zeitung schützen, mit der sein Vater auf ihn eindrosch. Auch bei Witthuhns war die Lage nicht erfreulicher. Eine teure Vase war zu Bruch gegangen, nachdem Emanuels Vater keinen Zweifel daran gelassen hatte, dass die Fußballerlaufbahn seines Sohnes enden würde, bevor sie begonnen hatte. Und selbst in der Turngerätefabrik Schricker standen die Zeichen auf Sturm. Der alte Schricker hatte nach der Zeitungslektüre beschlossen, kurzen Prozess mit seinem Filius zu machen. Die neu angefertigten Fußbälle ließ er in Kisten werfen und in der hintersten Ecke verstauen. Der Hinweis seines Sohnes, eine positive Entscheidung der Kaiserlichen Delegation könne dazu führen, dass demnächst an allen Schulen des Herzogtums Fußball gespielt würde, beeindruckte seinen Vater nicht.

«Weißt du, was dann alle brauchen?», fragte Otto.

«Rollstühle und Beinprothesen!», erwiderte sein Vater erbost und verbot seinem Sohn endgültig, an Kochs Übungsstunden teilzunehmen.

Am frühen Nachmittag musste Konrad Koch einsehen, dass sich das Blatt gewendet hatte. Einen Schülernamen nach dem anderen strich er vom Spielplan, den er so liebevoll auf ein großes Blatt gemalt hatte. Eine Mannschaft ließ sich damit nicht auf die Beine stellen, und als er eine Stunde später noch immer im Park auf willige Zöglinge wartete, hätte ihn beinahe der Mut verlassen, wenn nicht Joost Bornstedt aufgetaucht wäre. Sonst wäre Konrad Koch ganz allein geblieben.

Beide standen verloren am Wiesenrand und kickten sich lustlos den Ball zu. Enttäuscht sah sich Joost um, immer noch darauf hoffend, dass die fehlenden Mitspieler aus dem Dickicht auftauchen würden.

Als sich auch nach einer weiteren halben Stunde nichts tat und Konrad Koch nur noch stumpfsinnig auf seine Knickerbocker starrte, zog Joost mit hängenden Schultern davon. Als wäre das nicht genug des Leids gewesen, begegnete er auf dem Heimweg Rosalie, die sich mit ihrer Wirtin stritt und kurz darauf von dem alten Drachen aus dem Haus gewiesen wurde.

«Wer keine Miete bezahlt, bekommt auch keine Bleibe bei mir», rief die wütende Frau der weinenden Rosalie zu und schlug ihr die Tür vor der Nase zu. Zitternd schleppte sich Rosalie mit ihrem Koffer fort.

Joost traute sich nicht, sie anzusprechen, und als an der Straßenkreuzung eine Gruppe Männer mit leichten Mädchen um die Ecke bog und einer der Freier Rosalie ansprach, machte sich Joost auf und davon. Er nahm die Beine in die Hand und wollte so schnell wie möglich fort von hier. Beinahe hätte er eine Kutsche übersehen, die in letzter Sekunde zum Halten kam. Schlamm spritzte auf und überzog Joosts frisch gewaschene Hose mit Dreck. Der Kutscher fluchte, doch der Junge rannte, so schnell er konnte, weiter. Er musste sich etwas einfallen lassen, er musste Unterstützung holen, sonst wäre sein ganz großer Traum bald ausgeträumt.

39

Joost Bornstedt hatte sich den ganzen Nachmittag in der Stadt herumgetrieben und krampfhaft darüber nachgedacht, wie es weitergehen könnte. Schließlich hatte er sich zur Villa der Hartungs geschlichen und war unter der Hecke hindurchgeschlüpft.

Sich nach allen Seiten umsehend, postierte er sich nun unter Felix' Zimmer und zielte mit einem Kieselstein gegen dessen Fenster. Kurz darauf sah der junge Hartung nach unten und entdeckte seinen Mitschüler, der einen von einem Zettel umschlossenen Stein in der Hand hielt.

«Wirf ihn hoch!», brüllte Felix und rüttelte vergeblich am Fenstergriff. «Mach schon!»

Joost konzentrierte sich und feuerte die Botschaft mit einem gezielten Wurf ab. Das Fensterglas zersprang berstend, und Felix griff sich den Stein, um Joosts Nachricht zu entziffern. Aufgewühlt ging er zurück ins Zimmer, als er die Schritte seines Vaters nahen hörte. Geistesgegenwärtig rückte er einen Stuhl unter die Türklinke und machte sich mit dem Ellbogen an der zerbrochenen Scheibe zu schaffen.

In dem Moment, als sein Vater die Tür mit dem ganzen Gewicht seines Körpers aufbrach, schnitt sich Felix an einem der messerscharfen Glassplitter. Blut schoss aus der Wunde am Arm hervor und tropfte auf den Teppichboden.

«Was soll das?» Richard Hartungs Ruf ging ins Leere, denn Felix hatte sich bereits auf das Fenstersims geschwungen, entschlossen, in den Abgrund zu springen. Doch als er sich auf seinen verletzten Arm aufstützen wollte, durchfuhr ihn ein Schmerz, und er geriet ins Schwanken. Seine Hände suchten vergeblich nach Halt. Mit einem Aufschrei stürzte Felix aus dem Fenster und schlug auf dem Kiesbett der Hofauffahrt auf.

Wenige Sekunden später beugten sich Stollberg und drei andere Bedienstete über den Gestürzten und schickten nach einem Arzt. Richard Hartung eilte hinzu und ignorierte den völlig aufgelösten Joost Bornstedt, der sich eilig in die Büsche schlug.

Wie ein Lauffeuer sprach sich das Unglück herum, und für Konrad Koch und Joost Bornstedt war keine Rettung mehr in Sicht.

Von Merfeld war nicht umhingekommen, Koch für den nächsten Morgen einzubestellen. Unter Tränen forderte er ihn auf, seine Kündigung zu unterschreiben. Hartung senior und Pfarrer Werners sahen dem Akt erfreut zu.

«Diesmal, Koch, kommt Ihnen keine Telegrammbotin zu Hilfe», stichelte Hartung. «Die Sache ist erledigt. Sie können sich nach Amsterdam aufmachen oder wohin auch immer. Hauptsache, Braunschweig sieht Sie nicht wieder!» Er genoss sichtlich seinen Triumph gegenüber dem gebeugten Koch. «Und wenn wir schon dabei sind, Gustav, halte ich es für angebracht, deine Schulexperimente komplett ad acta zu legen. Dieser Bornstedt hat erst Pfarrer Werners auf üble Weise zu Boden gestreckt und anschließend dafür gesorgt, dass mein Sohn einen schweren Unfall erlitt. Ehe dieser Kerl noch mehr Unheil anrichtet, solltest du seine Laufbahn an unserer Schule unterbinden. Ich hoffe, wir haben uns diesmal verstanden.»

Gustav von Merfeld wusste, dass er keine Wahl hatte. Er setzte ein Schreiben auf und verabschiedete Konrad Koch mit einem matten Handschlag, woraufhin der Lehrer grußlos das Direktorenzimmer verließ.

Auf der Schulhaustreppe musste Koch die neugierig wartenden Doctores Bosch und Jessen passieren. Er versuchte, ihre hämischen Blicke zu übersehen, und schleppte sich niedergeschlagen zu seiner Wohnung.

Vor der Tür seiner Behausung wartete die Untertertia. Bis auf den im Krankenhaus liegenden Felix Hartung hatten sich alle versammelt. Sie bildeten ein Spalier und warteten Arm in Arm auf ihren Lehrer, der ihnen müde zulächelte. Koch blickte in die Runde und rief dann Joost Bornstedt zu sich.

«Sie ahnen, was ich Ihnen zu sagen habe, Bornstedt. Nach den gestrigen Vorkommnissen können Sie nicht an dieser Schule bleiben. Direktor von Merfeld blieb nichts anderes übrig, er konnte nicht anders entscheiden.»

Joost versuchte, die Beherrschung zu wahren, und reichte erst Koch und dann seinen Mitschülern die Hand. Die Stimme schien ihm zu versagen, gerade mal ein geflüstertes «Macht es gut, ihr Flitzpiepen!» kam über seine Lippen, ehe er sich abwandte und traurig das Schulgelände verließ.

Otto Schricker fand als Erster die Worte wieder und setzte zu einer Beschimpfung des Fördervereins an.

«Die haben Schuld, Hartung und Konsorten!», rief er aufgebracht. «Wenn Joost gehen muss, gehe ich auch, am besten nach England.»

Die anderen stimmten mit ein, lautes Gezeter kam auf, und die Schüler wussten nicht, ob sie schimpfen oder weinen sollten. Erst als Konrad Koch zu sprechen anhob, beruhigten sich die erregten Gemüter.

«Gentlemen, ich bitte Sie. Man muss wissen, wann man ein Spiel verloren hat. Vorne fallen die Tore, und uns sind zuletzt allenfalls Eigentore gelungen.» Ein letztes Mal glitt sein Blick über die Köpfe der Untertertia. «Passen Sie auf sich auf und bleiben Sie ein Team. Ihre Zeit wird kommen!» Ohne ein weiteres Wort wandte er sich ab und verschwand in seiner Wohnung.

Von den Schülern wusste keiner etwas zu sagen, und einer nach dem anderen verließen die Jungen den Hof mit hängenden Köpfen.

Wie oft, dachte Konrad, als er seinen Koffer zum erneuten Male in diesen Tagen auf das Bett stemmte, soll ich meine Sachen packen? Eine Nacht würde er noch hierbleiben.

Gedankenverloren nahm er einen Stapel Bücher zur Hand, sein Blick blieb an einer zerlesenen, an den Ecken abgestoßenen Ausgabe hängen. Immer wieder hatte er diesen Roman gelesen: «Abu Telfan oder Die Heimkehr vom Mondgebirge». Auch das war die Geschichte von einem, der in der Fremde, gar im Norden Afrikas, gewesen war und nun nach Hause zurückkehrte. Einer, der auf Misstrauen stieß und nicht recht heimisch wurde. Geschrieben hatte den Roman Wilhelm Raabe, der seit ein paar Jahren in Braunschweig lebte, und Konrad erinnerte sich, dem Dichter kurz vor seinem Weggang nach England begegnet zu sein. Zu gern hätte er dieses Gespräch wieder aufgenommen, sich mit Raabe vielleicht über dessen afrikanischen Heimkehrer Leonhard Hagebucher unterhalten. Auch das würde nicht mehr geschehen.

An diesem Abend las Konrad Koch sich in Wilhelm Raabes Buch fest. «Sei still und gedulde dich; es gehen Jahre vorüber wie ein Tag», stand da, eine Erkenntnis, die er sich aneignen sollte. Denn auch die Zeit der Hartungs und Werners würde einmal ablaufen, dachte Konrad mit einer gewissen Erleichterung.

Nicht nur in der Stube des Lehrers Konrad Koch herrschte zu dieser Stunde eine niedergedrückte Stimmung. Überall, wo man der großen Fußballbewährungsprobe entgegengefiebert hatte, vermochten die Beteiligten nicht zu fassen, dass mit einem Schlag alles vorbei sein sollte.

Otto Schricker streifte missmutig an den Regalen in der Fabrik entlang. Kein Fußball war mehr zu sehen, Medizinbälle, wohin das Auge blickte. Er ballte die Fäuste in seinen Winterhandschuhen, mit denen sich selbst scharfe Schüsse prächtig abwehren ließen.

Am anderen Ende der Stadt lag der schon wieder aus dem Krankenhaus entlassene Felix Hartung in seinem Bett, mit verbundenem Arm, und dachte mit Schrecken daran, dass seine Eltern ihn nach Berlin schicken wollten.

Und auch in der bescheidenen Wohnung der Bornstedts hockten zwei Trauerklöße am Küchentisch. Klara Bornstedt las zum fünften Mal, was der Direktor des Martino-Katharineums ihr darin mit einem Ausdruck größten Bedauerns mitteilte, und ihr von der Schule verwiesener Sohn versuchte vergeblich, ihren Blick auf sich zu ziehen und sich zu erklären.

Konrad Koch hingegen suchte Vergessen unter freiem Himmel. Nachdem er den Roman von Wilhelm Raabe zusammen mit seinen anderen Habseligkeiten eingepackt und seinen Koffer sorgfältig verschnürt hatte, drängte es ihn ins Freie.

Schuldiener Profalla hatte seinen Stammplatz unter dem großen Baum im Schulhof eingenommen. Er schien bester Laune, da seine Frau ausgeflogen war, um ihre Mutter in Celle zu besuchen – Anlass genug für ihn, dem Alkohol zuzusprechen und mehr als einen über den Durst zu trinken. Das im Feldschlösschen gebraute Bier, das es erst seit kurzem gab, mundete ihm so vorzüglich, dass er einzusehen bereit war, nicht jede Neuerung auf der Welt für ein Zeichen des Untergangs zu halten.

Konrad gesellte sich zu ihm, froh darüber, den Abend nicht allein verbringen zu müssen. Wenig später hallten die Stimmen der beiden über den Schulhof. Konrad hatte sich englischer Lieder erinnert und nötigte den in Fremdsprachen nicht sehr bewanderten Profalla, in die Zeilen einzustimmen. Vor allem eine hatte es Konrad angetan, sie entstammte dem schottischen Abschiedslied «Auld Lang Syne», das er nun inbrünstig intonierte.

«Should auld acquaintance be forgot / And never brought to min'? / Should auld acquaintance be forgot / And days of auld lang syne?»

Profalla tat sich schwer, die Verse korrekt nachzusprechen, und beschränkte sich darauf, kräftig mitzusummen. Erst als der Refrain einsetzte, sah er seine Stunde gekommen, und er stimmte ebenso lautstark wie falsch ein: «For auld lang syne, my dear / For auld lang syne / We'll tak' ae cup o'kindness yet / For auld lang syne.»

Das Duett der beiden vom Bier befeuerten Männer klang zwar alles andere als schön, aber dennoch sehr eindrücklich und ergreifend. Kein Braunschweiger Straßenhund hätte es gewagt, diesen Auftritt zu stören, dessen Lautstärke so beeindruckend war, dass auch Direktor von Merfeld in seiner Wohnung davon Notiz nahm. Was Koch sang, verstand er nicht, aber die getragene Melodie ließ erkennen, dass es sich um ein schwermütiges Lied handeln musste, um eines, das zum heutigen Tag passte.

Von Merfeld hörte andächtig zu, ehe er seinen Globus öffnete und ihm eine Flasche Scotch entnahm. Ein Glas aus der schottischen Destillerie Lochnagar – was hätte besser zu diesem bewegten Moment gepasst? Von Merfeld prostete sich selbst zu. Vielleicht ließen sich auch Hartung und Bosch durch diesen edlen Tropfen überzeugen, dass die Insel nicht nur Unsinn hervorbrachte.

40

Acht Stunden später schleppte sich im Morgennebel ein sichtlich angeschlagener Konrad Koch über den Schulhof. Sein Kopf dröhnte, und der Koffer schien schwerer als bei seiner Ankunft.

Von Merfeld ließ es sich nicht nehmen, seinen glücklosen Lehrer persönlich zu verabschieden. Die mitten auf dem Hof aufgestellte Tafel «Fußballspielen verboten!» ignorierten beide geflissentlich.

«Was, lieber Koch, sagt der Engländer, wenn er sich von einem Freund verabschiedet?»

«Good-bye, my friend.»

«Das gefällt mir, so schlicht. Also: *Good-bye, my friend*, Sie tapferer Pionier.» Ergriffen nahm von Merfeld Konrads Hand und schüttelte sie ein ums andere Mal. Mehr Worte fielen nicht.

Konrad Koch machte sich auf den Weg, ohne sich noch einmal umzudrehen, und der Direktor blickte ihm wehmütig hinterher.

Für Kochs ehemaligen Kollegen Doktor Bosch hingegen war es ein Freudentag. Endlich kehrte wieder Ruhe an dieser Schule ein, endlich wären die Schüler nicht mehr von idiotischen Freizeitaktivitäten abgelenkt, sondern in der Lage, sich dem Wesentlichen des Lebens zuzuwenden. Er dozierte wie eh und je und erzählte in flammendem Ton, wie sich der gewiefte Stratege Carl von Clausewitz, damals während der Befreiungskriege, auf dem blutgetränkten Schlachtfeld zu seinem Adjutanten durchgeschlagen habe und …

Weiter kam Bosch mit seinem fesselnden Bericht nicht, denn Emanuel Witthuhn, der wie immer am Fenster saß, wo er auf Ablenkungen vom Unterricht hoffte, stieß plötzlich einen Überraschungsschrei aus und sprang auf. Ohne sich um Doktor Boschs Empörung zu kümmern, warf er sich an die Fensterbrüstung, um die Quelle des merkwürdigen Chorgesangs, der vom Hof heraufdrang, zu identifizieren.

Die anderen Schüler taten es ihm bereitwillig nach. Noch einmal versuchte Bosch mit einem «Setzen Sie sich, sofort!» den Flüchtlingsstrom aufzuhalten, doch er hielt abrupt inne, als er erkannte, was da unten gesungen wurde.

«Die Kaiserhymne?», rief er erstaunt. «Die Kaiserhymne, natürlich! Das ist die Delegation aus Berlin. Meine Herren, stimmen Sie mit ein.»

Lustlos folgten die Schüler der Anweisung und brummten ihrem entzückten Lehrer hinterher.

«Krieger- und Heldentat / Finden ihr Lorbeerblatt / Treu aufgehoben dort, / An deinem Thron! / Dauernder stets zu blüh'n / Weh' unsre Flagge kühn / Auf hoher See!»

Je länger Bosch jedoch lauthals trällerte, desto mehr irritierten ihn die gesungenen Zeilen, die von unten heraufdrangen. Wieso wurde der Text verunstaltet? Wieso hieß es statt «An deinem Thron!» plötzlich «God shave us all» oder so ähnlich.

Irritiert trat er ans Fenster, öffnete es und blickte in den Hof hinab. Gerade als er sich hinausbeugen und dieser Verhunzung genauer nachgehen wollte, flog ein Ball knapp an seinem Kopf vorbei. Die Lederkugel hüpfte über die Bänke des Klassenzimmers und kam erst vor der Kriegskarte zum Liegen, die Clausewitzens geniale Schachzüge verdeutlichen sollte.

Bosch starrte das Objekt an. Hört das denn nie auf?, schoss es ihm durch den Kopf, und Verzweiflung grub sich in seine Gesichtszüge ein. Draußen erklang jetzt ohne Zweifel – das erkannte sogar er – die englische Nationalhymne, der unangenehmerweise die gleiche Komposition wie der herrlichen deutschen Kaiserhymne zugrunde lag.

Eine Gruppe fremder Schüler versammelte sich derweil auf dem Schulhof und beendete ihren Gesang mit einem vehementen «God save the Queen!».

Mit dem Schlussvers drängte sich ein Mann nach vorn, der Doktor Bosch und der Untertertia nur zu gut bekannt war: Konrad Koch!

«Gentlemen», rief dieser in die Runde, «may I introduce you to a couple of good friends?» Koch umarmte einen jungen Mann, den er als Ian begrüßte, und setzte anschließend seine Willkommensrunde weiter fort.

Binnen weniger Sekunden stand Doktor Bosch allein am Fenster. Alle Schüler waren Emanuel Witthuhns jubelndem Aufschrei gefolgt: «Er ist wieder da!» Die gesamte Untertertia sah zu, so schnell wie möglich auf den Hof zu gelangen. Bosch brüllte ihnen hinterher, dass es jedem Schüler, der den Raum verlasse, wie Joost Bornstedt ergehen würde. Doch sein Einwand blieb unbeachtet.

Konrad hörte nicht auf, Ians Schulter zu malträtieren, und fragte verwundert nach, ob dieser nicht seinen Brief mit der Absage erhalten habe.

«Got no letter», erwiderte Ian, «we left ten days ago to visit Holland to beat these Käsköppe.» Stürmischer Applaus der Umstehenden folgte.

Nur Doktor Bosch verstand kein Wort von dem, was Ian da mit ausladenden Handbewegungen im Hof erzählte. Obgleich der Geschichtslehrer am offenen Fenster stand, rang er um Atem.

Ian wandte sich der Untertertia zu, die sich nun ebenfalls um Koch geschart hatte, und fragte in die Runde: «Anybody in the mood for some bloody football?»

Johlende Begeisterung schlug ihm entgegen.

«Yeah, yeah!» Otto Schricker streifte entschlossen seine Handschuhe über und raunte Lothar Ulsaß ehrfurchtsvoll zu: «Die Engländer ziehen gegen uns in die Schlacht. Es geht mal wieder um Leben und Tod!»

Auch Direktor von Merfeld war inzwischen zu der Versammlung geeilt und lächelte gerührt – bis er den wutschnaubenden Bosch erblickte, der gerade schnaubend in den Hof trat und von Merfeld und Koch sofort zur Rede stellte: «Haben Sie an die Konsequenzen gedacht, die Ihr Handeln nach sich ziehen wird? Sie verstoßen gegen die Gesetze des Herzogtums Braunschweig, das wissen Sie, oder?»

Von Merfelds Miene verdüsterte sich, doch Konrad Koch ließ sich durch diese Drohungen nicht aus der Ruhe bringen. Lächelnd blickte er hinüber zur Hofeinfahrt, wo sich ein ungewöhnliches Gefährt näherte.

«Fassen Sie sich, Kollege Bosch! Ob wir gegen irgendwelche Gesetze verstoßen, wollen wir nicht Ihrem Urteil überlassen, sondern eher jenen Herren, die soeben im Begriff sind, unserem ehrwürdigen Gymnasium einen Besuch abzustatten.»

Alle Köpfe drehten sich zu der blank polierten, roten Kutsche um, auf deren Türen das Kaiserliche Wappen prangte und die nun wenige Meter vor ihnen hielt.

Schuldiener Profalla eilte herbei und öffnete beflissen den Schlag. Nacheinander entstiegen der Kutsche drei förmlich gekleidete Herren, deren Pensionierung nicht in weiter Ferne liegen konnte. Wie auf Kommando setzten sie ihre Zylinder auf, kaum dass ihre gutgewichsten Stiefel den Schulhof berührten. Einer von ihnen ergriff das Wort.

«Von Bredow mein Name. Leiter der Kaiserlichen Delegation für Leibesübungen und Hygienik, Bereich gymnasiale Oberstufe. Wir kommen wegen Ihres Antrags ...» Etwas umständlich holte er ein Formular aus seiner Manteltasche und fuhr fort: «... auf Zulassung des Fußballs als ergänzenden Lehrinhalt.»

Doktor Bosch drängte sich nach vorne und redete auf von Bredow ein. «Wie gut, dass Sie da sind! Es handelt sich nämlich um ein kleines Missverständnis, das aufzuklären ...»

«Direktor von Merfeld, nehme ich an?», unterbrach ihn der Delegationsleiter.

«Nein, der bin ich.» Gustav von Merfeld schob den enttäuschten Bosch beiseite und drückte dem Mann die Hand.

«Nun, werter Herr von Merfeld», sagte von Bredow und strafte den aufdringlichen Bosch mit einem Blick der Verachtung, «Sie unterbreiten uns da einen sonderbaren Vorschlag. Man hat ja schon einiges über diese ... diese Engländerkrankheit gehört. Aus Hannover zum Beispiel dringt uns Merkwürdiges zu Ohren. Ich hoffe für Sie, dass nicht alles der Wahrheit entspricht, was da an Abscheulichkeiten zu vernehmen ist.»

Von Bredow sah streng in die Runde, und allen leuchtete ein, dass es nicht sonderlich sinnvoll wäre, diesem Mann jetzt mit Begriffen wie «drop-kick» oder «corner» zu kommen. Auch die Unterschiede zwischen «Rugby» und «Association Football» erläuterte man ihm vorerst wohl besser nicht.

41

Während sich der Tross aus englischen Gästen, Braunschweiger Lehrern und Berliner Delegierten in Richtung Stadtpark aufmachte, herrschte unter den Schülern der Untertertia eine Erregung, die bald darauf auf die ganze Stadt überzuspringen schien.

Otto Schricker erklärte sich kurzerhand zum Anführer und stürmte nach Hause, um die Fabrikarbeiter als Zuschauer zu gewinnen. «Sie haben heute alle bezahlten Urlaub», rief er ihnen zu, «wenn Sie mitkommen in den Park, um uns im Wettspiel gegen die Engländer zu unterstützen.»

Sein Vater, der den Aufruhr bemerkt hatte, stürzte hinzu und machte ein Gesicht, als habe er die Worte seines Sohnes nicht verstanden.

«Bezahlter Urlaub?», wetterte er. «Wer bitte hat heute bezahlten Urlaub?»

«Vater, vertraue mir, einmal nur. Wenn ich in ein paar Jahren die Firma leiten soll, werde ich auch Entscheidungen treffen müssen. Und deshalb glaube mir: Der Einzige, der im Schricker-Werk heute keinen bezahlten Urlaub bekommt, bist du. Denn du wirst Bälle verkaufen. So viele wie noch nie: Fußbälle!»

Karl-Friedrich Schricker schaute skeptisch drein. «Wenn du jede Mark Verlust mit einer Überstunde ausgleichst, lasse ich mich auf diesen Handel ein.»

«Abgemacht!», entgegnete Otto freudig und gab seinem Vater die Hand darauf.

Fünf Minuten später war das Firmengelände verwaist, und Karl-Friedrich Schricker belud mit zwei Arbeitern einen Handwagen. Immerhin, dachte er, sind diese Fußbälle erheblich leichter zu transportieren als die bleischweren Medizinbälle.

Anderswo ging es nicht weniger dramatisch zu. Pfarrer Werners, der satt und zufrieden seine Morgenandacht hielt und auf seine Schäfchen herabblickte, wollte gerade aus dem Matthäus-Evangelium zitieren und das Gleichnis der wunderbaren Brotvermehrung erläutern, als er jäh unterbrochen wurde. Viele seiner salbungsvollen Worte konnte er nicht an die Gemeinde bringen, denn mit einem Krachen flog plötzlich das Kirchenportal auf, und eine aufgeregte Näherin aus der Schricker'schen Fabrik unterbrach die Predigt.

«Es geht gegen die Engländer! Im Stadtpark!»

Alle bis auf Pfarrer Werners begriffen sofort, worum es ging, sprangen auf und brachen ihren Gottesdienstbesuch ab.

Werners verharrte auf seiner Kanzel, erstaunt darüber, weshalb seine Schäfchen nichts mehr von Jesus hören wollten. Engländer?, sagte er zu sich, hatte diese Frau von einem Kampf gegen die Engländer gesprochen? Ein Leuchtzeichen des Verstehens ging über sein Gesicht, und er hob die Arme.

«Möge der Herrgott unsere Truppen auf dem Schlachtfeld schützen und ihnen die Kräfte verleihen, die es gestatten, den Feind in seine Schranken zu verweisen!»

Die Kunde von der bevorstehenden Jahrhundertpartie machte innerhalb einer Stunde überall die Runde. Selbst in der Fabrik, in der Klara Bornstedt und seit zwei Tagen auch ihr Sohn Joost die Brötchen verdienten, brach ein Tumult aus, als einer der Arbeiter die Nachricht von der «Schlacht gegen England» verbreitete.

«Engländer sind in der Stadt, und die Gymnasialen kämpfen gegen sie.»

Unsicher sahen sich alle an und ließen die Arbeit ruhen, Getuschel setzte ein. Nur Joost wusste sofort, worum es ging.

Er sprang auf und rief: «Mutter, ich kann nicht anders, die brauchen mich!» Wie eine Gewehrkugel flitzte Joost aus der Werkshalle und ließ eine verunsicherte Klara Bornstedt zurück. Vor dem Fabriktor erwartete ihn schon Otto Schricker, der mit einer von einem Pferd gezogenen Lastenkutsche die fehlenden Spieler einsammelte. Erleichtert klopfte er

Joost auf den Rücken, als dieser sich zu ihm auf den Bock schwang.

«Ich hoffe, du hast dich nicht überarbeitet. Wir brauchen gleich deine Sturmläufe. Und jetzt holen wir Felix ab, was immer sein Vater dazu sagen mag.»

Der junge Hartung saß derweil gelangweilt in seinem Zimmer und quälte sich unter der Anleitung eines neuen Hauslehrers durch eine Caesar-Übersetzung. Monoton wiederholte er die Beschreibungen des gallischen Landes, als er plötzlich einen gellenden Ruf von draußen vernahm. Keine Frage, das war Wilhelm Reuter, der ihn mit einem «Felix, wir brauchen dich!» ans Fenster rief.

«Sie entschuldigen mich.» Felix warf die Lektüre zu Boden und verabschiedete sich mit einer schnellen Drehung formvollendet von seinem Hauslehrer, der sturzblöde dabei zusah, wie sein Schüler das Fenster aufriss und sich über die Brüstung schwang. An der Hauswand lehnte bereits eine Leiter. Flugs kletterte Felix Sprosse für Sprosse nach unten, stets darauf bedacht, seinen verletzten Arm zu schonen. Ehe er die Kutsche erreichte, in der Otto und Joost ungeduldig auf ihn warteten, stellte sich ihm sein Vater in den Weg.

«Wo willst du hin?», fragte Richard Hartung.

Felix empfand nur noch Verachtung für ihn und zögerte nicht, ihm die Wahrheit ins Gesicht zu schleudern. Beide standen sich wie Duellanten gegenüber, und als Richard Hartung sich anschickte, seinen Sohn am Hemdsärmel festzuhalten, stieß ihn dieser kräftig zur Seite. Hartung senior taumelte und stürzte auf den Kies. Seine Gesichtszüge verzerrten sich vor Schmerz, und doch fand er die Kraft, seinem davoneilenden Sohn hinterherzurufen: «Das wirst du dein Leben lang bereuen!»

42

Zehn Minuten später war die Kutsche am Ziel. Ottos Fracht wurde mit Begeisterung begrüßt, und die Schüler begriffen auf die Schnelle kaum, was sich rund um das Fußballfeld bereits abspielte.

Die von Konrad Koch sorgsam gezogenen Markierungen wurden von Hunderten von Zuschauern umsäumt. Schüler aus anderen Klassen, von anderen Schulen, vereinzelte Lehrer, Fabrikarbeiter, Angestellte und viele Bürger, denen die Neugier ins Gesicht geschrieben stand, drängten sich auf dem St. Leonhardsanger. So eine Schlacht lassen wir uns nicht entgehen, verrieten ihre Mienen.

Karl-Friedrich Schricker hatte nicht weit von der Mal-Linie einen Verkaufstisch aufgebaut, auf dem er noch ein wenig unsicher seinen neuesten Verkaufsschlager präsentierte: «Original deutsche Fußbälle. Exzellente Flugeigenschaften. Nur 2 Reichsmark!»

Auf dem Rasen machten sich die muskulösen englischen Spieler fertig und demonstrierten Selbstbewusstsein. Ihre modischen Trikots erregten Aufsehen, da konnten die Braunschweiger Widersacher nicht mithalten.

Die Schüler der Untertertia krempelten ihre Hosen nach oben; Otto Schricker rückte seine Handschuhe zurecht, verdrückte noch schnell zwei Nusskekse und grimassierte wild. Irgendwie musste er die englischen Stürmer ja erschrecken, dachte er und betrachtete prüfend von ferne deren stämmige Oberschenkel.

Konrad Koch ließ keine Zeit verstreichen. Er versammelte seine Mannen im Mittelkreis und hielt eine ernste Ansprache.

«Gentlemen! Wir stehen vor einer entscheidenden Herausforderung. Sie haben heute nur eine Aufgabe: die Delegation mit dem Fußballfieber zu infizieren. Spielen Sie, um künftig spielen zu dürfen!» Er deutete an die Seitenlinie, wo Direktor von Merfeld auf die drei Berliner Herren einredete. Deren Blicke verrieten größte Skepsis, aber das – so schien es – spornte die Untertertia erst recht an.

Konrad streckte seine Rechte aus, und die Schüler legten andächtig ihre Hand darauf. Mit einem «Hip, hip, hurrah!», das die letzte Eule im Park aus ihrem Schlaf riss, stimmten sie sich auf das entscheidende Spiel ein. Anschließend lief Konrad auf seinen Freund Ian zu und schüttelte ihm die Hand. Beide sahen sich glücklich in die Augen und ahnten, dass dieses Spiel nicht nur für das Herzogtum Braunschweig von Belang sein könnte.

Ein Pfiff ertönte, das Spiel begann, und schon nach kurzer Zeit gewannen die Engländer die Oberhand. Sie prüften Otto Schrickers Können mit einem beachtlichen Distanzschuss. Doch Otto streckte seinen massigen Körper und wehrte den Ball mit einer Glanzparade ab. Die ersten Zuschauer begannen zu applaudieren, obwohl nicht alle verstanden, was sich da abspielte. An der Seite waren die ersten Fragen zu hören: «Warum darf der den Ball in die Hand nehmen?» Was ein anderer Zuschauer schulterzuckend mit «Keine Ahnung, aber es ist spannend» kommentierte.

So wogte das Spiel hin und her, die Untertertia kämpfte um jeden Ball und gab keinen Zentimeter verloren … bis einem wieselflinken englischen Stürmer mit einem unhaltbaren Flachschuss das erste Tor gelang. Die Braunschweiger Zuschauer stöhnten auf, und ihre Mienen verbitterten sich noch mehr, als kurz darauf ein erfolgreicher Angriff der Untertertia von einem Pfiff Konrad Kochs unterbrochen wurde.

«Was soll das?», schallte es über die Wiese, «das wäre ein astreines Tor geworden.»

Konrad versuchte, die Gemüter zu besänftigen, und setzte der Delegation seine Entscheidung auseinander: «Der Spieler Hartung, meine Herren, stand im Abseits. Eine Regel, die unsere englischen Freunde in dieser Form seit 1866 kennen.» Er räusperte sich und setzte zu einer ausführlicheren Erklärung an. «Wenn ein Spieler vor dem Ball ist und auch vor seinen Gegnern und der Ball hinter ihm von einem Kameraden getreten wird, dann darf dieser Spieler weder den Ball berühren noch einen Gegner am Spiel hindern. Habe ich mich verständlich gemacht? Denn von dieser komplexen Regel hängt der erfolgreiche Verlauf des Spiels ab. Ich werde in Bälde dazu ein Regelheft herausbringen, um den Sachverhalt publik zu machen.»

Delegationsleiter von Bredow sprach das Unverständnis aus den Augen, doch von weiter hinten ertönte eine Frauenstimme, die, wie Konrad sah, Rosalie gehörte: «Sagen Sie doch einfach, dass vor dem Spieler entweder der Ball oder drei Gegner sein müssen.»

Von Bredow und seine Mitgutachter nickten Rosalie dankbar zu, doch es blieb allen Beteiligten nicht viel Zeit, weiter über diese merkwürdige Abseitsregel nachzudenken. Am Rande der Eckfahne schlängelte sich nämlich soeben Joost Bornstedt an zwei Engländern vorbei und schlug über den sich ihm entgegenwerfenden englischen Keeper hinweg eine überraschende, bananenförmige Flanke in die Mitte. Langsam senkte sich der Ball, und am schnellsten begriff ausgerechnet Felix Hartung, der den verletzten Arm wie sechsundneunzig Jahre später Franz Beckenbauer im Azteca-Stadion in einer Schlinge trug, was zu tun war.

Mit einem gewagten Sprung warf er sich dem Ball entgegen und köpfte ihn über die Torlinie. Sofort brandete begeisterter Jubel auf. Felix und Joost umarmten sich innig, während Otto Schricker dankbar zu Boden sank, die Fäuste ballte und auf das unschuldige Grün trommelte. Selbst ein Schaf, das zur Verblüffung aller seine Weide zurückerobern wollte und sich auf das Spielfeld verirrte, trat angesichts der Beifallssalven umgehend die Flucht an.

Die vielleicht lautesten Torrufe kamen von Rosalie, die vor lauter Stolz über Felix' Meistertat zu platzen drohte. Als dieser sah, wer ihn da so bejubelte, lief er über die Seitenbegrenzung hinaus und nahm Rosalie in den Arm. Ohne zu zögern, küsste er sie, und es störte ihn nicht im Geringsten, dass sein Vater keine fünf Meter danebenstand.

Die Herren der Delegation räusperten sich und witterten erneut einen Verfall der Sitten, wohingegen sich die meisten Zuschauer über diesen Gefühlsausbruch des Torschützen freuten.

Otto Schricker nutzte die Unterbrechung und rief seinem Vater zu: «Erhöh den Preis auf fünf Mark!» Denn die ersten Zuschauer zückten bereits ihre Geldbörsen und dachten über den Kauf eines dieser wundersamen Bälle nach. Ein originelles Geburtstags- oder Weihnachtsgeschenk, das war sicher.

Nur unter den Berliner Delegierten kam nach wie vor keine Begeisterung auf. Von Bredow gab säuerlich zum Besten, dass eine Genehmigung dieses Spiels vollkommen ausgeschlossen sei, da es sich – wie seine Kompagnons ergänzten – um ein anarchistisches, unturnerisches und undeutsches Treiben handele.

Glücklicherweise hielt diese Haltung nicht vor, denn kaum gelang Hans Schwertfeger ein eleganter

Pass zu Lothar Ulsaß, riss von Bredow die Arme nach oben und schrie: «Pass auf, da kommt ein Engländer!» Und ehe sich Direktor von Merfeld und seine Kollegen versahen, verloren auch die anderen Delegationsmitglieder jegliche Contenance. Schon bald feuerten sie die Untertertia an, anfangs noch über sich selbst beschämt, doch zunehmend ohne Zurückhaltung.

Nur eine Person im Braunschweiger Stadtpark ließ sich von diesem Fieber nicht anstecken.

Klara Bornstedt sah verdrossen von der Seitenlinie auf das Geschehen und warf Konrad Koch, der ganz in ihrer Nähe stand, vorwurfsvolle Blicke zu.

«Und dafür also hat mein Joost seine Zukunft aufs Spiel gesetzt?», fragte sie säuerlich.

Konrad trat einen Schritt zurück, ohne seinen Blick vom Spielverlauf abzuwenden. «Bevor Sie mich in Stücke reißen, liebe Frau Bornstedt, bedenken Sie …»

Seine Worte wurden jedoch von den Anfeuerungsrufen der Zuschauer übertönt, als einer von ihnen, Schlachter Harms, der Otto Schricker mit Ochsenblasen versorgt hatte, brüllte: «Bornstedt, zeig es denen!»

Klara blickte den sonst so seriösen Schlachter an und verfolgte dann, wie Joost schon wieder zwei englische Verteidiger umkurvte. Wie geschickt er das tut, dachte sie, und zum ersten Mal an diesem Nachmittag erwachte mütterlicher Stolz in ihr.

«Können Sie eigentlich erklären, woher Ihr Sohn diese Angriffslust und diese Hartnäckigkeit hat?», fragte Konrad mit einem ironischen Zwinkern in den Augen. «Das sind hervorragende Spielerqualitäten, die Joost hier zeigt, unverzichtbar für den Fußball ‹als ergänzenden Lehrinhalt›. Nicht zuletzt dank der Leistung Ihres Sohnes werden das wohl auch die Herren aus Berlin so sehen.»

Als gälte es, diese Einschätzung zu unterstreichen, zog Joost in ebendiesem Moment aus gut zwanzig Metern ab, und der Ball segelte zwischen den englischen Torstangen hindurch ins gegnerische Tor. Frenetischer Jubel brandete auf, Spieler und Zuschauer lagen sich in den Armen, und der gewichtige Herr von Bredow schwenkte seinen Zylinder wie eine Fahne und ließ mehrfach ein «Gohl, Gohl!» vernehmen, dessen Aussprache freilich noch zu verbessern war.

Auch Klara Bornstedt klatschte in die Hände und sah Konrad Koch an. «Woher nehmen Sie Ihren unerschütterlichen Glauben, dass sich alles immer zum Guten wendet? Woher nur?»

«Ach, wissen Sie, liebe Fußballermutter», entgegnete er strahlend, «dieses Mal bin ich mir gar nicht so sicher. Das Spiel ist doch für dieses Land viel zu … barbarisch, oder?»

NACHBEMERKUNG

«Der ganz große Traum» erzählt die Geschichte, wie der Fußball seinen Weg von England nach Braunschweig und ins deutsche Kaiserreich fand. Roman und Film orientieren sich an Ereignissen, wie sie sich im Jahr 1874 in Braunschweig abspielten, und an der Lebensgeschichte des Lehrers und Fußballpioniers Konrad Koch. Roman und Film gehen aus dramaturgischen Gründen natürlich frei mit den historischen Fakten und Daten um.

Wer mehr über Konrad Koch und die Anfänge des Fußballs im 19. Jahrhundert wissen möchte, sei auf folgende Werke verwiesen:

Kurt Hoffmeister: Ein Braunschweiger Lehrer als Begründer der Schulspiele in Deutschland. Prof. Dr. phil. Konrad Koch (1846–1911). Braunschweig 1986

Malte Oberschelp: Der Fußball-Lehrer. Wie Konrad Koch im Kaiserreich den Ball ins Spiel brachte. Göttingen 2010

Christiane Eisenberg: «English Sports» und deutsche Bürger. Eine Gesellschaftsgeschichte 1800–1939. Paderborn u. a. 1999

CHRONOLOGIE

Der durch seine Affäre mit Elisabeth von Ardenne und damit durch Theodor Fontanes Roman «Effi Briest» postum zu literarischen Ehren gekommene Jurist und Pädagoge Emil Hartwich sah 1882 zuversichtlich in die Zukunft, als er schrieb: «Der Fußball aus England ist unterwegs, wir werden ihn auf unseren deutschen Spielplatz werfen, und wir sind überzeugt, er wird aufgenommen werden.»

Zu den Pionieren, die den Fußball im deutschen Kaiserreich zu verbreiten halfen, gehört der Braunschweiger Altphilologe Konrad Koch (1846–1911), der zusammen mit einem Kollegen, dem späteren Turninspektor und plattdeutschen Dichter August Hermann, auf die glorreiche Idee kam, seine Schüler am Martino-Katharineum mit einem aus England importierten Fußball spielen zu lassen. Das von vielen angefeindete «englische Winterspiel», das Koch einführen wollte, um seine Schüler zu mehr Aktivitäten im Freien zu animieren, brauchte geraume Zeit, bis es sich hierzulande durchsetzte und bis sich seine verbindlichen Regeln herauskristallisierten.

Vorbild für Koch und seine Mitstreiter war das «Mutterland» des Fußballs: England, wo sich 1863 in der Londoner «Freemason's Tavern» die Football Association konstituiert hatte. Was gut zehn Jahre danach in Braunschweig, Hannover oder Hamburg gespielt wurde, hatte mit heutigem Fußball wenig zu tun. Lange Zeit stand zur Debatte, welche Art des Ballspiels – der Fußball mit Aufnehmen durch die Hand oder der sogenannte Assoziations-Fußball, der ein Aufnehmen durch die Hand nicht gestattete – sich durchsetzen würde. Die von Koch 1875 publizierten Regeln beschrieben noch das «gemischte Spiel», die Rugby-Variante; erst in einer Fassung von 1882 fügte er Ergänzungen hinzu, die sich dem Assoziations-Fußball annäherten. Einen Schiedsrichter sahen beide Versionen noch nicht vor; stattdessen sollte ein im Vorhinein zu bestimmender Spieler, der «Spielkaiser», für Ordnung sorgen. Überhaupt verblüfft aus heutiger Sicht, dass sich die Fußballregeln auch der Gesundheit der Akteure widmeten. So sollte bei der «Einrichtung des Spielplatzes dafür Sorge getragen» werden, «dass kein Schüler gegen den Ostwind anzulaufen hat», und keinem Schüler war es erlaubt, «ohne besondere Erlaubnis den Rock» abzulegen, es sei denn, er trug darunter ein «wollenes Hemd».

Konrad Koch wurde nicht müde, den Fußball zu propagieren und in einer Vielzahl von Publikationen zu erläutern. 1880 wurden in Bremen und Frankfurt am Main die ersten Fußballvereine gegründet. Acht Jahre später rief man in Berlin-Tempelhof den B.F.C. Germania 1888 ins Leben, den ältesten, heute noch existierenden Club, der 1891 zudem die «1. Deutsche Meisterschaft» gewann. Ganz offiziell wurde es dann am 28. Januar 1900 im Leipziger Mariengarten, als morgens um halb neun der «Erste Allgemeine Deutsche Fußballtag» eröffnet wurde – die Gründungsstunde des Deutschen Fußball-Bundes. Einige Monate zuvor hatte es gegen englische Teams bereits «Urländerspiele» gegeben, deren deprimierende Ergebnisse hier verschwiegen werden sollen. 1903 setzte sich der VfB Leipzig auf der Altonaer Exerzierweide glatt mit 7:2 gegen den DFC Prag durch und ging so als erster deutscher Fußballmeister in die Geschichtsbücher ein.

Fünf Jahre danach trug eine deutsche Nationalelf den ersten offiziellen «freundschaftlichen Länderkampf» aus, gegen die Schweiz. Mit 3:5 ging die Partie verloren. Dem Frankfurter Fritz Becker, einem späteren Amtsrat, gelang dabei in seinem ersten und einzigen Einsatz für Deutschland das erste deutsche Länderspieltor. Dem Journalisten Richard Kirn gab er später zu verstehen, dass das Ergebnis falsch übermittelt worden sei. Beim Anschlusstreffer zum 2:3 des Karlsruhers Fritz Förderer habe es sich lediglich um einen Lattenschuss gehandelt – die Berichterstattung über Fußballereignisse steckte damals noch in den Kinderschuhen …

Konrad Koch immerhin durfte dieses Länderspiel noch erleben und damit verfolgen, wie die von ihm so leidenschaftlich unterstützte Sportart immer weitere Kreise zog. Neunundfünfzig Jahre später schließlich, 1967, muss Koch im Fußballerhimmel Hochstimmung verbreitet haben; da nämlich landete die 1895 gegründete Eintracht Braunschweig auf Platz 1 der Bundesliga und wurde deutscher Fußballmeister. Den Wegbereiter Prof. Dr. Konrad Koch ehrt seine Heimatstadt heute auf vielfältige Weise; schon 1954 erkannte Carl Koppehel in seiner «Geschichte des deutschen Fußballsports» dessen Verdienste: «*Einem* Mann verdankt die deutsche Spielbewegung unendlich viel; ohne ihn wäre es kaum so schnell zu dem gekommen, was wir wenige Jahre später als fast selbstverständlich entwicklungsmäßig erlebten: Es war Professor *Konrad Koch*, der in Braunschweig wirkte und, nach seiner Aussage, in der Spielbewegung ein ausgezeichnetes erzieherisches und körperbildendes Mittel sah.»

Danke, Konrad Koch!

Rainer Moritz

KINOFILM

Der ganz große Traum
... oder wie der Lehrer Konrad Koch den Fußball
nach Deutschland brachte

STAB

Regie: Sebastian Grobler
Produzent: Anatol Nitschke, Raoul Reinert
Koproduzenten: Helge Sasse, Matthias Wendlandt & Felix Wendlandt, Hans-Wolfgang Jurgan
Supervising Producer: Gerhard von Halem
Produktions- und Herstellungsleitung: Christian Springer
Drehbuch: Philipp Roth und Johanna Stuttmann nach einer Idee von Sebastian Grobler und Raoul Reinert
Bildgestaltung: Martin Langer bvk
Schnitt: Dirk Grau
Szenenbild: Thomas Freudenthal
Kostüm: Monika Jakobs
Maske: Sabine Schumann, Katrin Schneider, Maike Heinlein
Casting: Heta Mantscheff
Regie-Assistenz: Cecile Heisler-Zigulla
Originalton: Maarten van de Voort
Mischung: Richard Borowski
Sounddesign: Kai Storck
Titeldesign: Darius Ghanai
Musik: Ingo Ludwig Frenzel

Eine Produktion von deutschfilm, Cuckoo Clock Entertainment & Senator Film Produktion in

Koproduktion mit Rialto Film und ARD Degeto
im Verleih von Senator Film Verleih
Länge 113 Min.
Dreharbeiten Juli–September 2010
Drehorte: Braunschweig und Umgebung, Berlin, Hamburg
Kinostart in Deutschland: 24.2.2011

Die Dreharbeiten wurden gefördert von der Filmförderungsanstalt, dem Deutschen Filmförderfonds, der Filmförderung Hamburg Schleswig-Holstein, durch nordmedia mit Mitteln des Landes Niedersachsen und Unterstützung der NBank, dem Medienboard Berlin-Brandenburg, dem Beauftragten der Bundesregierung für Kultur und Medien.

BESETZUNG

Konrad Koch, Lehrer	*Daniel Brühl*
Gustav von Merfeld, Schuldirektor	*Burghart Klaußner*
Richard Hartung, Vater von Felix	*Justus von Dohnányi*
Klara Bornstedt, Mutter von Joost	*Kathrin von Steinburg*
Dr. Roman Bosch, Geschichtslehrer	*Thomas Thieme*
Felix Hartung	*Theo Trebs*
Joost Bornstedt	*Adrian Moore*
Otto Schricker	*Till Valentin Winter*
Schüler	*Lennart Betzgen*
Schüler	*Tim Blochwitz*
Schüler	*Joseph Dragus*
Schüler	*Fabio Seyding*
Schüler	*Sten Horn*
Schüler	*Silas Thelen*
Schüler	*Michael Tenbrink*
Schüler	*Lennart Böttner*
Schüler	*Alexander Ostojski*
Schüler	*Lenny Kasper*
Schüler	*Jannis Schwarz*
Schüler	*Alexander Bräutigam*
Dr. Jessen, Turnlehrer	*Jürgen Tonkel*

Schricker senior, Turngerätefabrikant und Vater von Otto	*Axel Prahl*
Rosalie	*Henriette Confurius*
Schuldiener Profalla	*Milan Peschel*
Pfarrer Werners	*Josef Ostendorf*
Frau Salchow	*Anna Stieblich*
Tuchowski	*Michael Hanemann*
Delegationsleiter 1	*Christoph Zapatka*
Delegationsleiter 2	*Kristov Brändli*
Reporter Rodenstock	*Max Gertsch*
Ian	*Tomas Spencer*
Diener Stollberg	*Rüdiger Kuhlbrodt*
Kutscher	*Aljoscha Stadelmann*
Aufseher	*Christian Vitu*
Offizier zu Hohenlohe	*Vincent Kastner*

Plötzlich Shakespeare

Wenn Mann und Frau sich das Leben teilen, ist das ja schon schwierig. Aber wenn Mann und Frau sich auch noch ein und denselben Körper teilen müssen, ist das Chaos perfekt! Rosa wird in ein früheres Leben versetzt, in den Körper William Shakespeares. Und so entwickelt sich die merkwürdigste Lovestory der Welt. rororo 24812

ro
ro
ro

«David Safier, seit Mieses Karma spezialisiert auf Identitätsverwirrungen, inszeniert historisch herrlich unkorrekten Klamauk.» Focus

David Safier bei rororo

Jesus liebt mich

Marie hat das Talent, sich ständig in die falschen Männer zu verlieben. Kurz nachdem auch noch ihre Hochzeit platzt, lernt sie einen Zimmermann kennen. Dummerweise erklärt er beim ersten Rendezvous, er sei Jesus. Hat sie sich diesmal in den falschesten aller Männer verliebt? rororo 24811

Mieses Karma

Nichts hat sich Moderatorin Kim mehr gewünscht als den Fernsehpreis. Nun hält sie ihn triumphierend in den Händen. Schade eigentlich, dass sie am selben Abend von den Trümmern einer Raumstation erschlagen wird. Im Jenseits erfährt Kim, dass sie viel mieses Karma angesammelt hat: Sie wird als Ameise wiedergeboren. rororo 24455

B 178/2

Weitere Informationen in der Rowohlt Revue *oder unter* www.rororo.de

Lass uns Feinde bleiben

Für Sarah würde Tim alles tun: Er raucht nicht mehr, kocht vegetarisch, ist offen für Feng Shui und Tango.Kein Wunder, dass Sarah kurz darauf einen neuen Freund hat, einen ganzen Kerl. Tim wird klar: Er muss aufhören, nett zu sein. Doch wo lernt man so was? Und wie fies muss ein Mann sein, damit die Frauen ihn unwiderstehlich finden?
rororo 25494

«Sebastian Schnoy ist erfrischend unkorrekt.»
Frankfurter Allgemeine Zeitung

rororo

Heimat ist, was man vermisst

Immer wieder suchen die Deutschen ihr Glück im Ausland: als trottelige Auswanderer, die mit drei Worten Englisch Currywurstbuden an der Costa Brava eröffnen, oder sie träumen vom romantischen Leben als Winzer in der Provence. Wir sind unglaublich international, aber was bedeutet Heimat für uns?
rororo 62647

Smørrebrød in Napoli

Warum ist Norwegen das Saudi Arabien des Nordens? Warum geben Weißrussland, die Ukraine und Ex-Jugoslawien Deutschland so wenig Punkte beim Eurovision Song Contest? Sebastian Schnoy erklärt temporeich Geschichte und Macken der europäischen Völker. Wo Europa draufsteht ist Lebenskultur drin.
rororo 62449

B 260/1

Weitere Informationen in der Rowohlt Revue *oder unter* www.rororo.de

MIX
Papier aus verantwortungsvollen Quellen
FSC® C019821
www.fsc.org

Das für dieses Buch verwendete FSC®-zertifizierte Papier
Holmen Book Cream liefert Holmen, Schweden.

LES DIX ENFANTS QUE MADAME MING N'A JAMAIS EUS

Né en 1960, normalien et docteur en philosophie, Eric-Emmanuel Schmitt s'est d'abord fait connaître en tant que dramaturge avec *Le Visiteur*, devenu un classique du répertoire théâtral international. Plébiscitées tant par le public que par la critique, ses pièces ont été récompensées par plusieurs Molière et le Grand prix du théâtre de l'Académie française. Son théâtre, qu'il met parfois en scène lui-même, est traduit dans plus de quarante langues et désormais joué dans le monde entier. Sa carrière de romancier, initiée par *La Secte des Égoïstes*, s'est poursuivie avec *L'Évangile selon Pilate, La Part de l'autre*, *Lorsque j'étais une œuvre d'art*, *Ulysse from Bagdad, La Femme au miroir*, *Concerto à la mémoire d'un ange* (prix Goncourt de la nouvelle 2010). Son Cycle de l'Invisible (*Milarepa, Monsieur Ibrahim et les fleurs du Coran, Oscar et la dame rose, L'Enfant de Noé*, *Le sumo qui ne pouvait pas grossir, Les dix enfants que madame Ming n'a jamais eus*) a remporté un immense succès en France et à l'étranger. En 2006, il écrit et réalise son premier film, *Odette Toulemonde*, suivi, en 2009, de sa propre adaptation d'*Oscar et la dame rose*. Mélomane, Eric-Emmanuel Schmitt est aussi l'auteur de *Ma vie avec Mozart* et *Quand je pense que Beethoven est mort alors que tant de crétins vivent*.

Paru dans le Livre de Poche :

CONCERTO À LA MÉMOIRE D'UN ANGE
LES DEUX MESSIEURS DE BRUXELLES
L'ENFANT DE NOÉ
L'ÉVANGILE SELON PILATE
suivi du JOURNAL D'UN ROMAN VOLÉ
LA FEMME AU MIROIR
GEORGES ET GEORGES
LORSQUE J'ÉTAIS UNE ŒUVRE D'ART
MILAREPA
MONSIEUR IBRAHIM ET LES FLEURS DU CORAN
ODETTE TOULEMONDE *et autres histoires*
LA PART DE L'AUTRE
LA RÊVEUSE D'OSTENDE
LA SECTE DES ÉGOÏSTES
SI ON RECOMMENÇAIT
LE SUMO QUI NE POUVAIT PAS GROSSIR
THÉÂTRE 1
La Nuit de Valognes/Le Visiteur/Le Bâillon
L'École du diable
THÉÂTRE 2
Golden Joe/Variations énigmatiques/Le Libertin
THÉÂTRE 3
Frédérick ou le boulevard du Crime/
Petits crimes conjugaux/Hôtel des deux mondes
ULYSSE FROM BAGDAD